UNA PROPUESTA TENTADORA

ANNE OLIVER

Editado por HARLEQUIN IBÉRICA, S.A.
Núñez de Balboa, 56
28001 Madrid

© 2010 Anne Oliver
© 2014 Harlequin Ibérica, S.A.
Una propuesta tentadora, n.º 1992 - 6.8.14
Título original: Mistress: At What Price?
Publicada originalmente por Mills & Boon®, Ltd., Londres.

I.S.B.N.: 978-84-687-4424-7
Depósito legal: M-13161-2014
Editor responsable: Luis Pugni
Impresión en Black print CPI (Barcelona)
Fecha impresion para Argentina: 2.2.15
Distribuidor exclusivo para España: LOGISTA
Distribuidor para México: CODIPLYRSA
Distribuidores para Argentina: interior, BERTRAN, S.A.C. Vélez
Sársfield, 1950. Cap. Fed./ Buenos Aires y Gran Buenos Aires,
VACCARO SÁNCHEZ y Cía, S.A.

Capítulo Uno

–Recuérdame otra vez por qué he tenido que acompañarte a una boda a pesar de estar sufriendo todavía del desfase horario cuando debería estar durmiendo.

Mariel Davenport miró a su hermana Phoebe por encima de la copa de champán, que en su caso estaba llena de agua mineral. Después del estrés de hacer el equipaje, evitar a la prensa y el largo vuelo desde París, lo último que necesitaba era beber alcohol.

Examinó a los elegantes invitados. A algunos los conocía y a otros no. Diez años de ausencia eran mucho tiempo.

–Porque eres mi hermana mayor y me quieres mucho. Además, no nos vemos desde aquel crucero por el Mediterráneo hace tres años.

Mariel arqueó una ceja.

–¿No será porque tu novio te ha dejado en…?

–Exnovio –le corrigió Phoebe de mal humor–. Kyle ya es historia –añadió antes de tomarse un buen trago de champán–. Hombres. ¿Quién puede confiar en ellos?

–Es cierto…

Phoebe abrió los ojos con evidente disgusto.

–Oh, Mariel… Lo siento.

–No tienes por qué. Fui una estúpida. No volverá a ocurrir.

Se mordió el labio inferior. ¿No se había hecho ya antes aquella promesa, allí mismo, en su ciudad natal?

–De eso se trata –afirmó Phoebe–. Propósito para el año nuevo: nada de hombres. Al menos hasta la próxima luna llena… –añadió con una sonrisa. Luego, entrelazó el brazo con el de Mariel–. Vamos a divertirnos. Podríamos bailar –sugirió–. Así no pensarías en nada…

–Ya sabes que no hay nada que me guste más que una buena fiesta, pero esta noche no.

¿Cómo era posible que alguien en sus cabales eligiera el día de Año Nuevo para casarse? Levantó su copa y señaló con ella a la gente que se estaba congregando en la pista de baile que se había improvisado en el jardín de la lujosa mansión de Adelaide Hills.

–Ve tú–añadió–. Estoy bien. Me quedaré aquí un rato.

–¿Estás segura?

–Claro que sí –respondió Mariel con una sonrisa. Entonces, empujó ligeramente a Phoebe–. Vete.

Observó cómo su hermana pequeña se abría paso entre los invitados. Entonces, se permitió el suspiro que tanto necesitaba. Phoebe no sabía nada del lío que Mariel había dejado en París, a excepción de que había terminado con el fotógra-

4

fo de moda Luc Girard, su socio en los negocios desde hacía más de siete años y su amante durante los últimos cinco.

Se dio la vuelta para seguir tomándose el agua y poder estudiar así a los invitados por el espejo que había encima de la chimenea.

Los padres de la novia, que no habían escatimado en gastos para el gran día de su hija, estaban conversando con una pareja cerca de la imponente escultura de hielo, que estaba empezando a deshacerse por el calor de enero del verano austral.

¿Era aquel el pequeño Johnny…? ¿Cómo se apellidaba? Mariel frunció el ceño mientras trataba de recordar. Ya no era tan pequeño. No había nada que le gustara más que un hombre vestido con un buen traje. Siguió mirando y se dio cuenta de que había varios hombres observándola y que Johnny como se llamara se dirigía hacia ella. Genial. Justo lo que no necesitaba.

Sabía que atraía a los hombres. Con su rostro en la portada de las principales revistas europeas, no había tardado en convertirse en una cara familiar en Australia. Sin embargo, aquella noche habría agradecido no contar con aquella atención. Suspiró antes de comprobarse el lápiz de labios en el espejo. Se cuadró de hombros y se dio la vuelta con una radiante sonrisa en los labios.

Vaya. Sorpresa, sorpresa. Daniel Huntington tercero, que se negaba a responder cuando no se le llamaba Dane, se apoyó contra el umbral de la puerta y observó cómo Mariel Davenport se dejaba cortejar por el pequeño grupo de admiradores que la rodeaba. Aparentemente, ninguno de ellos se perdía ni una sola palabra que saliera de aquellos deliciosos labios pintados de coral. Ella era la última persona que hubiera esperado ver aquella noche en aquel lugar. Tampoco había anticipado la extraña sensación que experimentó al verla con aquel impresionante vestido negro. No le podía ver los pies ni las infinitas piernas que la transportaban casi hasta el metro ochenta de altura, pero la conocía muy bien. Era toda una mujer.

Ella aún no lo había visto. Daniel levantó su cerveza a modo de brindis y fingió un saludo. Luego, se tomó un buen trago. De repente, había sentido mucha sed.

¿Estaría ella con alguien? ¿Con su amante francés? Sin poder evitarlo, se clavó las uñas en las palmas de las manos. Aquel detalle no le había hecho ningún daño hasta hacía un instante.

Hasta que la había vuelto a ver.

Sin embargo, decidió que ella debía de haber acudido sola. Si hubiera estado acompañada, Daniel estaba seguro de que el hombre en cuestión no la habría dejado sola ni un solo instante.

Observó cómo sonreía a sus admiradores. Lo único que Mariel adoraba era la atención, por lo que había oído de su carrera a lo largo de los últimos años y visto en las revistas de moda, la cámara ciertamente adoraba a Mariel.

La diseñadora de moda convertida en modelo fotográfica.

Pensó hablar con ella, pero no estaba dispuesto a convertirse en uno de sus admiradores. No. Podía esperar.

–Ah, aquí está nuestro soltero del año, según acaba de anunciar la revista *Babe* –dijo Justin Talbot tras materializarse a su lado.

–Parece que me has encontrado –repuso Dane mientras giraba la cabeza para mirarlo.

–Has hecho que nos sintamos muy orgullosos –comentó Justine mientras le daba a Dane una palmada en el hombro.

–A ti te resulta fácil decirlo –gruñó Dane sin poder evitar mirar de nuevo a Mariel.

Como si él necesitara más mujeres que lo acosaran. Desde que ganó aquel título, se había ido cansando cada vez más del incesante desfile de posibles aspirantes a estrella que demandaban su atención.

–Piensa que estás haciendo una buena obra –replicó Justin.

–Hay mejores modos de recaudar fondos –musitó Dane–. Y eso es precisamente lo que quería la prensa.

–¿Y qué esperabas? Hombre de negocios millonario, fundador de OzRemote y sin pareja… Eh, es Mariel Davenport.

Dane notó cómo la voz de Justin pasaba de expresar jovialidad a una ligero desaliento.

–Eso parece.

–Vaya… Está muy guapa –murmuró Justin–. Incluso más que lo estaba en ese póster que nos mostró Phoebe. ¿Cuánto tiempo hace que no venía? ¿Qué está haciendo en la boda de Carl y Amy?

–Diez años –respondió Dane. Y cinco meses–. Y yo sé lo mismo que tú.

–¿No estaba viviendo con un francés?

–Sí.

–¿Has hablado ya con ella?

–No.

–¿Por qué no? –preguntó Justin–. Los dos estabais muy unidos. Recuerdo…

–De eso hace mucho tiempo.

Toda una vida… La noche antes de que ella se marchara. En su dormitorio, con los rayos de la luna llena filtrándose por la ventana abierta. Aquella luz plateada le bañaba la blanca piel a Mariel. Sus ojos eran profundas lagunas oscuras que lo miraban con asombro…

Dane cambió de postura y se aclaró la garganta al sentir que todas las células que tenía de cintura para abajo se movilizaban.

–¿Te apetece una copa?

–Nos marchamos dentro de un momento. Cass tiene que madrugar mañana. Voy a saludar a Mariel antes de marcharme. ¿Quieres venir conmigo?

Dane negó con la cabeza.

–Ya la saludaré más tarde.

Con eso, se dio la vuelta y se acercó al camarero más cercano. Sin embargo, no pudo evitarlo. Giró la cabeza a tiempo para ver cómo Justin le daba un beso a Mariel en los labios. Sabía que no significaba nada más que un gesto de bienvenida a casa, pero una repentina tensión se apoderó de él y le hizo apretar los dientes. Apretó con fuerza el vaso que tenía entre los dedos.

Vio cómo su amigo le susurraba algo al oído as Mariel y cómo ella se giraba lentamente para mirar en su dirección. Tan lentamente… o tal vez fue que el tiempo pareció detenerse. Fuera como fuera, tuvo tiempo de experimentar muy detalladamente el efecto total de aquel rostro y de cómo centraba su atención exclusivamente en él.

Los afilados pómulos se cubrieron de color e hizo aletear las largas pestañas negras que enmarcaban unos hermosos ojos color esmeralda. Entonces, separó los labios ligeramente, con un gesto que podía ser de sorpresa o desaliento, antes de fruncirlos suavemente en algo que podía parecerse a una sonrisa.

Fuera lo que fuera, aquel gesto se desvaneció como si fuera una rosa en invierno en cuanto se encontró con el gesto rígido y la mirada neutral de Dane. Él no podía expresar nada más. Mariel levantó una mano y la dejó en el aire un instante antes de apartarse del rostro un inexistente mechón de cabello.

No podía apartar la mirada de la de él. Mariel le observó el cabello, largo. Entonces, miró el cuello de la camisa, que llevaba abierto. Dane sintió un ligero hormigueo en la garganta que le obligó a tragar saliva. Entonces, se alegró de no tener a una mujer, en especial a una antigua diseñadora de moda, que le dijera cómo debería vestirse.

Gracias a la intervención de Justin no tenía alternativa. Los buenos modales dictaban que, al menos, se acercara a saludarla. Trató de relajarse y soltó el vaso que apretaba con fuerza entre los dedos. Entonces, dio un paso al frente.

Mariel observó cómo Dane Huntington se dirigía hacia ella. Su actitud casual, casi arrogante, le resultaba demasiado familiar. Fuera lo que fuera lo que Justin estaba diciéndole, pasó a un segundo plano. Sintió una extraña sensación en el estómago, como si se tratara de las turbulencias que había experimentado durante el vuelo a Adelaida.

Le habría gustado tener el mejor aspecto posible cuando volviera a encontrarse con él. Demostrarle lo que se había perdido hacía tantos años, cuando ella tan solo era una ingenua muchacha de diecisiete años que había pensado que el joven Dane Huntington lo era todo para ella.

Ya no era tan ingenua, aunque le hubiera costado conseguirlo hasta el último de aquellos diez años. Los segundos fueron pasando, pero parecían más bien minutos. La fría mirada gris de Dane estaba centrada completamente en ella. No había sonrisa alguna en aquellos hermosos labios. Mariel irguió la barbilla y metió el estómago. Entonces, lo observó descaradamente mientras él se acercaba.

El cabello oscuro le cubría ligeramente las orejas y le acariciaba cuidadosamente la nuca. Algunas cosas no habían cambiado. Seguía mostrando abiertamente su desprecio por la etiqueta a la hora de vestir. No llevaba corbata. Llevaba desabrochado el último botón de la camisa negra rematada con puntadas blancas, lo que dejaba al descubierto una piel bronceada y el vello oscuro que lo adornaba.

La diseñadora de moda que había en ella hizo un gesto de desaprobación. Vaqueros negros en una de las bodas más importantes del año para la alta sociedad de Adelaida. Desgraciadamente, aquella imagen tan inapropiada le provocaba una extraña sensación entre los muslos y le aceleraba el pulso.

Se irguió un poco más y agarró con fuerza la copa para ocultar así el hecho de que le estaban temblando las manos.

—Hola —dijo antes de que él abriera la boca—. Feliz Año Nuevo.

No se inclinó para darle un beso.

—Feliz Año Nuevo para ti también, Mariel. ¿Cuánto tiempo hace que has regresado?

—Llegué ayer por la mañana.

—Justo a tiempo para el gran día de Carl y Amy.

La voz aterciopelada de Dane y la sonrisa que esbozó por fin hicieron que el pulso de Mariel se acelerara de nuevo. Con la altura que tenía, no le ocurría a menudo tener que levantar la mirada para observar a los hombres y este hecho le hacía sentirse delicada y muy femenina.

Se tensó. No quería sentirse ni delicada ni femenina con Dane Huntington. Nunca más. Sin embargo, deseaba que él la viera así. Menuda locura. ¿Recordaría él…?

–Da la casualidad de que Dane te mencionó el otro día –comentó Justin. Mariel observó que Dane tensaba la mandíbula.

–¿Sí? –preguntó. ¿Dane había estado hablando de ella?–. ¿Y por qué?

–Cass, mi esposa, y yo estamos pensando en ir a Europa en octubre y dado que tú vives en París, él pensó que tal vez tú podrías mostrarnos la ciudad.

–¿De veras? –replicó ella mientras miraba a Dane–. Él no intentó verme cuando estuvo allí. ¿Cuándo fue eso, Dane? ¿Hace cinco años? Mi madre me lo mencionó en un correo electrónico.

–Se trataba de un viaje de negocios, Mariel –dijo él–. No tuve tiempo para hacer turismo ni para nada más. Fue una visita relámpago. ¿Y qué te ha hecho a ti regresar a casa?

–La familia. Necesitaba un descanso.

–Uno pensaría que si quisieras estar con la familia habrías venido una semana antes para celebrar la Navidad con ellos.

–Me avergüenza decir que lo dejé hasta que fue demasiado tarde, por lo que no encontré billete en ningún vuelo –repuso ella. Se negó a apartar la mirada. Si lo hubiera hecho, Dane habría sabido que ella estaba mintiendo.

–Una pena.

–Ahora estoy aquí.

–Es cierto –comentó él perezosamente, sin dejar de mirarla.

Evidentemente, Justin sintió la tensión y decidió cambiar de tema.

–Dane ha ganado el título de soltero del año de la revista *Babe*.

–¿De verdad? –preguntó Mariel mientras levantaba su copa para beber un trago de agua. Notó la mirada que Dane le lanzaba a Justin.

–Seguro que te acuerdas –añadió Justin–. La revista *Babe* organiza esa competición todos los años.

–Ah, sí. Esa revista –observó ella dándole un gran sarcasmo a su tono de su voz. Se vio recompensada por le rubor que le cubrió inmediatamente las mejillas a Dane.

–Los beneficios son que tiene citas con diez chicas diferentes –dijo Justin con una sonrisa.

Al pensar en la imagen que Justin acababa de evocar, Mariel sintió que se le hacía un nudo en el estómago, pero no dejó que se notara cómo se sentía.

–Vaya, mi esposa me está mirando –añadió Justin–. Os dejo a los dos solos para que podáis poneros al día. Me alegra mucho verte de nuevo, Mariel.

–A mí también –contestó Mariel. Miró a la atractiva morena que estaba esperando a Justin y luego se volvió a mirar a Dane–. Entonces, soltero del año, ¿eh? ¿Y cómo es eso exactamente?

–Como Justin te ha dicho, se trata tan solo de algo divertido. Y además, es para una buena causa.

Recaudar dinero para obras benéficas. Yo necesito algo de beber, ¿y tú? –comentó mientras señalaba un bol de ponche que había en medio de una mesa.

Sirvió el líquido anaranjado en dos copas de cristal y le ofreció una a Mariel.

–Gracias –dijo ella con mucho cuidado de no tocarle los dedos–. ¿Quieres decir que las mujeres votan por los participantes y gana el que consiga más votos? Me pregunto por qué te han votado a ti –añadió con una malvada sonrisa, aunque en su interior sentía algo muy parecido al dolor–. Me muero de ganas por verte en la portada de esa revista.

–No es tan malo como piensas.

–¿Y qué es lo que estoy pensando?

–La cita terminará en la puerta principal.

Mariel contuvo un resentimiento del que creía haberse librado hacía muchos años.

–Entonces, eso es una novedad para ti. He oído que hoy en día estás hecho todo un casanova.

Dane sonrió con indolencia.

–No te creas todo lo que oyes.

Mariel lo miró de arriba abajo, pero volvió a mirarlo inmediatamente a los ojos antes de que pudiera dejarse llevar por lo bien que le sentaban los vaqueros y el modo en el que aquella camisa hecha a medida le ceñía el torso.

–Lo que creo es que si quieres representar tu papel, tendrás que modernizar tu vestuario o contratar un sastre nuevo.

–Vaya, habló la diseñadora de moda. Y esta noche vales un millón de dólares así vestida –dijo él mientras dejaba que su mirada recorriera lentamente el cuerpo de Mariel, durante un poco más de tiempo de lo que podría considerado adecuado–. ¿Se trata de uno de tus diseños?

–No.

–Ah, es verdad. Ahora eres modelo. Vi tu fotografía en una revista hace un par de meses. Phoebe nos la mostró. Muy bonita.

–Ya no lo soy –dijo ella, tras tomar un largo sorbo con el que quitarse de la boca el amargo sabor de la traición de Luc.

–¿Cómo?

–Por fin te encuentro, Mari –les interrumpió Phoebe. Se apretaba el móvil contra el pecho. Afortunadamente, su intervención había evitado que Mariel hubiera tenido que hablar de su arruinada carrera–. Hola, Dane –añadió, casi sin mirarle–. Me acaba de llamar Kyle. Quiere reunirse conmigo. Ahora.

Mariel miró con incredulidad a su hermana.

–¿Y has aceptado? ¿Qué ha pasado con tu propósito para el Año Nuevo?

Phoebe se mordió el labio.

–Lo sé, lo sé, pero…

–No dejes que él lleve la voz cantante, Phoebe…

–Y no pienso hacerlo, pero tengo que ceder un poco con él, ¿no te parece?

–¿Y dónde va a ser?

–Bueno… en un lugar al que nos gusta ir. Por si

acaso no te veo, no estaré aquí cuando te levantes. Me marcho a Melbourne a primera hora de la mañana. Hay un festival de música. Le he pedido a Brad Johnson que te lleve a casa. ¿Te acuerdas de Brad? Tiene muchas ganas de volver a verte.

–Ah…

Mariel miró por encima del hombro de su hermana y vio al tal Brad tratando de abrirse paso entre los invitados. Se veía que tenía muchas ganas. Demasiadas.

–¿Habéis venido las dos juntas? –preguntó Dane.

–Sí. Mi maravillosa hermana ha venido a hacerme compañía porque… porque Kyle no podía venir. No te importa, ¿verdad, Mari?

–Claro que no, pero creo que deberías considerar…

–No hay necesidad alguna de molestar a Brad –les interrumpió Dane con voz profunda y turbadora–. Yo llevaré a Mariel a casa.

–¿Cómo? Está bien, pero…

Phoebe no dejaba de mirar a ninguno de los dos.

–Se lo diré a Brad –afirmó Dane.

–Está bien. Gracias, Dane. Hasta luego, hermanita –dijo Phoebe tras darle un beso a Mariel en la mejilla. Entonces, desapareció como si se tratara de un torbellino de color rosa y perfume.

–Espera aquí –le ordenó Dane. Desapareció antes de que ella pudiera pronunciar otra palabra de protesta.

Mariel no pensaba hacer lo que él le había dicho, pero sintió que estaba completamente inmóvil. Tenía los pies pegados al suelo mientras observaba cómo Dane se deshacía de Brad en menos de cinco segundos.

Mientras regresaba junto a ella, Dane sabía que Mariel se sentía turbada por el repentino giro de los acontecimientos. Los ojos de ella brillaban peligrosamente. Su hermosa boca se había convertido en una línea dura e inexpresiva. Sin embargo, él notó con satisfacción que ella no había hecho ademán de desaparecer entre los invitados.

–Esperaba poder marcharme temprano –dijo ella en el momento en el que Dane llegó a su lado. Dejó su copa sobre la mesa y abrió el bolso que le colgaba del hombro–. De hecho, ahora mismo. No quisiera estropearte la velada. Probablemente hayas venido con alguien –añadió mientras sacaba el móvil–. Llamaré a un taxi.

–Te he dicho que te voy a llevar yo a tu casa. Y no es ningún problema. He venido solo.

–Ah…

¿Que no era un problema? Dane sintió deseos de darse de patadas. Tenían un asunto entre ellos que llevaba pendiente diez años, desde una noche de pasión juvenil seguida de un feo final en el exterior del garaje de su padre.

No era un asunto que pudiera solucionarse aquella noche. Dane lo sabía, pero con solo mirar a Brad había sentido que se desarrollaba en él un sentimiento de territorialidad, de posesión.

–Pero tú querrás quedarte, divertirte…

–Estoy dispuesto a marcharme cuando quieras.

–Muy bien –dijo ella con formalidad–. Gracias. Me gustaría marcharme ahora mismo, si no te importa. El reloj de mi cuerpo sigue marcando la hora del meridiano de Greenwich.

–En ese caso, iremos a despedirnos.

Le colocó una mano en la espalda. No había contado con el calor que experimentaría en la palma con aquel electrizante contacto. Bajo la mano sentía cómo la sensual tela del vestido se movía sobre la carne de Mariel. Esto le hizo preguntarse cómo sería el tacto de su piel sin la seda que la cubría.

Ella se tensó como si le quemara. Dane se dio cuenta de que ella también lo había experimentado. Interesante. ¿Habría roto con su amante francés? Después de todo, había regresado sola y no había parecido muy entusiasta cuando se había mencionado París.

Los paparazzi, ansiosos de tomar fotografías, se arremolinaban junto a las verjas abiertas de la mansión. Un guardia de seguridad abrió paso a Dane. Contra el cristal de la ventanilla del coche, se reflejaron los fogonazos de los flashes y los rostros de los fotógrafos.

Se montaron el coche y Mariel se limitó a mirar al frente serenamente, pero no estaba tan tranquila como quería aparentar. Asía con fuerza el bolso que tenía entre las manos y los pulgares acariciaban incesantemente la correa rozando al mismo tiempo los muslos. Unos muslos muy suaves y sedosos.

Dane se percató de ello, pero se obligó a seguir mirando la carretera.

Mariel cambió de postura. Dane no tuvo que mirar para saber que había estirado las largas piernas hacia delante. En los estrechos confines del Porsche, su perfume le embriagaba los sentidos a Daniel y lo transportaba a un sueño olvidado hacía mucho tiempo. Dio las gracias porque el trayecto fuera corto.

Durante la infancia, ella siempre había sido su mejor amiga: generosa, leal y testaruda. A la edad de diecisiete años, se convirtió en una joven ambiciosa y segura de sí misma que quería hacerse la dueña del mundo. Y dejarlo a él atrás.

Dane apartó aquel pensamiento y la miró. A los veintisiete… Bueno, en aquellos momentos Mariel era una mujer poseedora de una impactante sensualidad. Sin embargo, ¿hasta qué punto la conocía?

–¿Decías que ya no eres modelo? –le preguntó él para romper el silencio.

–No –respondió ella tras dudarlo un instante–. Mi socio y yo nos hemos separado.

–¿Luc? –quiso saber él. Había notado que ella había evitado mencionar el hecho de que el francés también había sido su amante–. Phoebe me lo contó todo de él –añadió poniendo énfasis en la palabra todo.

–Sí. Luc. No quiero hablar de ello. Ni de él.

–Lo siento –dijo él esperando sonar sincero. ¿Y por qué no lo iba a ser? Después de todo solo quería lo mejor para Mariel.

–¿Cómo está tu padre? –inquirió ella de repente.

–Estaba bien cuando hablé con él hace un par de meses –contestó. Aquello era lo único que Mariel necesitaba saber.

–¿Y tu madre?

–Según las últimas noticias que he recibido, sigue viviendo en Queensland –respondió él. Con el hombre con el que vivía en aquellos momentos.

–Entonces… deduzco que ya no vives en casa.

Casa. Dane frunció el ceño. Una casa, un hogar, implicaba dos padres que estaban comprometidos el uno con el otro. Sin embargo, parecía que sus padres pensaban de un modo muy diferente.

–Me marché hace años. De hecho, poco después de que tú te marcharas. Ahora tengo mi propia casa en el norte de Adelaida.

–En ese caso, te estoy apartando de tu camino.

–No pasa nada. Me gusta conducir –comentó.

La compañía de Mariel le estaba despertando recuerdos del pasado.

La última vez que la vio conducía alocadamente por el acceso al garaje de su padre, haciendo chirriar las marchas y levantando la grava del suelo mientras entraba por fin en la carretera.

Apretó un poco más el acelerador. Cuando antes la llevara a casa, mejor.

Mucho mejor estarían los dos.

Capítulo Dos

Unos instantes más tarde, llegaron a la casa de los padres de Mariel.

–¿Están fuera tus padres?

–Se marcharon ayer a un crucero por el Pacífico. Gracias por traerme –dijo mirándolo.

Dane no quería que ella entrara aún. Al menos no de aquel modo, con tanta cortesía como si los dos fueran dos absolutos desconocidos.

Se recordó que la amistad de la infancia que habían tenido había tenido lugar hacía años. Mariel ya no era la chica joven e inocente que él recordaba. Se había convertido en una mujer independiente y de éxito. Y menuda mujer. Las suaves curvas de su adolescencia se habían hecho más rotundas y, si aquello era posible, su rostro aún más hermoso.

–Mariel…

–No –dijo ella cerrando los ojos brevemente–. Esta noche no.

Dane aferró con fuerza el volante.

–En ese caso, te acompañaré a la puerta.

–No hace falta. No estamos en la ciudad –replicó ella mientras abría la puerta del vehículo.

–He dicho que te acompañaré a la puerta –insistió él. Sacó la llave del contacto. Algunas cosas no habían cambiado. Ella seguía siendo tan testaruda como siempre.

E igual de rápida. Ya había recorrido la mitad del camino antes de que él saliera del coche. No tardó mucho en comenzar a buscar las llaves. Cuando las encontró, las levantó hacia la luz del porche para poder decidir de cuál se trataba.

–Permíteme.

Dane le quitó las llaves de las manos. El roce de piel contra piel le provocó un hormigueo en los dedos que le subió por el brazo y se le dirigió directamente a la entrepierna. La mirada que los dos intercambiaron les recordó claramente que jamás podrían volver a la relajada camaradería que habían compartido en el pasado.

Dane no estaba seguro de que aquello fuera ya lo que deseaba compartir con ella. Había pasado menos de una hora en su compañía y el deseo se había apoderado de él con la rapidez de un incendio.

Mariel fue la primera que rompió el contacto visual.

–Me las dio Phoebe –dijo con voz entrecortada–, pero no le pregunté cuál era la que abría la puerta principal.

Dane metió una llave en la cerradura, pero la puerta se abrió sin necesidad de hacerla girar.

–No está cerrada con llave –le informó él.

–Vaya, probablemente sea culpa mía. Di por sentado que la puerta se cerraba automáticamente.

Dane atravesó el umbral y se detuvo en el vestíbulo. A tientas, encontró el interruptor. Una suave luz iluminó la entrada. Mariel miró hacia el discreto panel antes de entrar en la casa.

–Maldita sea. Ni siquiera recordé poner la alarma. A mi padre le dará un ataque si se entera.

–Se enterará solo si se lo dices. Comprobaré que todo está en orden antes de marcharme.

–No es necesario –le aseguró ella con un cierto nerviosismo.

–Claro que lo es. Cualquiera podría haber entrado.

–Ahora sé cuidarme sola.

–Estoy seguro de ello.

Unos instantes más tarde, tras haber recorrido la planta baja, Dane comenzó a subir las escaleras y fue encendiendo luces a medida que iba examinando las habitaciones. Mariel lo siguió con protestas ahogadas. Entonces, Dane se detuvo frente a la última puerta que había a la izquierda.

Era el dormitorio de Mariel.

No encendió la luz, pero en cuanto entró se dio cuenta de que había cometido un error. La luz de la luna iluminaba la habitación y hacía destacar una maleta abierta y una cómoda llena de frascos y tubos. Olió sus cremas femeninas y el perfume.

–Todo parece estar en orden, así que…

–Por supuesto que lo está –replicó ella–. Ya te lo dije, pero tú nunca me escuchas. ¿Por qué tenías que entrar y…? Ser tú.

–Pensé que eso era lo que era tan bueno de nosotros –dijo él mirando a la luna–; que podíamos ser nosotros mismos.

–Había una vez, en una galaxia lejana. Tal vez –replicó Mariel mientras encendía la luz.

Dane se volvió para mirarla. Ella se cruzó de brazos y lo observaba a él con increíble tranquilidad. O era así o era una magnífica actriz.

–Ha pasado ya mucho tiempo…

–Ya no soy la niña inexperta y confiada de entonces.

–Dane… –dijo Mariel abrazándolo con los ojos llenos de pasión y de vulnerabilidad.

El beso.

Su primer beso. Un beso de despedida porque ella se marchaba y quién sabía por cuánto tiempo…

Dane la miró a los ojos. Se sentía dispuesto a admitir el dolor que había infligido al joven orgullo de Mariel una hora más tarde.

–Yo tenía dieciocho años y era un idiota insensible.

Eso había sido entonces. Ahora era un presente lleno de posibilidades.

–¿Y ha cambiado algo? –le preguntó ella con una ligera sonrisa en los labios.

–No –respondió él sonriendo también–. Sigo siendo el mismo idiota insensible…

Sin poder contenerse, se acercó más a ella hasta que los cuerpos de ambos prácticamente se tocaron. Entonces, le deslizó suavemente un dedo por la mejilla.

Mariel negó con la cabeza.

–Ya no somos esos chicos. Es en el pasado. Déjalo allí.

Sin embargo, Dane no podía hacerlo. Su cerebro había dejado de razonar. Lo único que era capaz de reconocer era el frágil rostro que, de repente, se encontró entre las manos, unos ojos esmeralda y el seductor aroma del perfume que ella llevaba. Mariel le había colocado las manos en el torso. Al notar que Dane se inclinaba para besarla, contuvo el aliento.

Le deslizó las manos por el sedoso cabello y luego por los hombros y el vestido para estrecharla contra su cuerpo y poder absorber así el rico y pleno sabor de la boca de Mariel.

Cerró los ojos y sintió que el cuerpo de ella se hacía más moldeable contra el suyo. Le asía la camisa, murmurando y suspirando contra su mejilla.

Entonces, las manos lo empujaron y ella dio un paso atrás.

–¿Por qué has hecho eso? –preguntó mientras se tocaba los labios. Entonces, se dio la vuelta.

Buena pregunta.

–Tal vez quería ver si era lo mismo que yo recordaba…

Mariel se giró de nuevo. En los ojos aún le ardía la pasión… o tal vez el deseo o la ira.

–¿Y lo ha sido? –preguntó ella. Entonces, cerró los ojos, como si se lamentara de haber hecho la pregunta, y sacudió la cabeza–. No me respondas. No quiero saberlo.

–O tal vez solo quería besarte por los viejos tiempos.

Dane se inclinó con gesto relajado sobre la cómoda, como si la sangre no le estuviera hirviendo por todo el cuerpo, como si no le pareciera que los vaqueros le habían encogido dos tallas en la zona de la bragueta.

–Entonces, me devolviste el beso. Y estuvo bien. A ti también te lo pareció.

–¿No te parece ese el comentario propio de un hombre arrogante? –rugió ella.

–¿Acaso no lo soy?

Mariel lo miró fríamente, sin sonreír.

–Bien. Ahora que ese tema está ya solucionado, iré a inspeccionar el exterior.

–De solucionado nada, Dane –afirmó ella antes de que él pudiera marcharse–. ¿Por qué no somos sinceros ahora y luego no volvemos nunca a hablar de ello?

A Dane se le borró la sonrisa de los labios.

–Está bien. ¿Por qué viniste a verme aquella noche? Nos habíamos despedido en tu casa.

–Ese beso significó todo para mí.

–Fue un beso de despedida –murmuró él.

–Ahora me doy cuenta de que pensé, estúpida e ingenuamente, que estaba enamora de ti. Cuando me besaste así, pensé… Bueno, fui a buscarte porque quería preguntarte… decirte que iba a regresar, que nosotros…

Mariel tenía grabada aquella noche. Después del beso, fue a casa de Dane. Vio los faros…

–Oí un ruido –dijo ella–. Era tan patética y tan tonta que pensé que te había ocurrido algo. Imagina mi horror al ver a Isobel sobre el capó de tu coche y a ti embistiendo como…

Recordaba que debía de haber hecho algún sonido, porque los dos se giraron a la vez para mirarla. Entonces, al verlos así, Mariel sintió que el corazón se le hacía pedazos.

–Te odio, Dane Huntington. ¡No quiero volver a verte!

Mariel no recordaba cómo había llegado a su coche. Tan solo recordaba la risa femenina y las palabras «pobre Mariel» junto a los pasos de Dane a sus espaldas y los gritos para que se detuviera.

Dane sacudió la cabeza y Mariel supo que él también estaba recordando.

–Lo que ocurre, Mariel, es que, por muy amigos que fuéramos, por mucho que yo te quisiera, lo único de lo que nunca hablábamos era de nuestra vida sexual.

–O la falta de vida sexual –replicó ella.

–Deberíamos haberlo hecho. Habría ahorrado muchos malentendidos. Al día siguiente fui a disculparme, pero ya te habías marchado. Por lo tanto, me disculparé ahora por haberte hecho daño.

–Aceptadas, pero no tenías ninguna razón para disculparte. De eso me doy cuenta ahora. Tú no me veías del modo en el que yo te veía a ti.

«Tal vez entonces no». Mariel leyó el mensaje en los ojos de Dane y experimentó una extraña sensación, como un aleteo.

–Traté de ponerme en contacto contigo en varias ocasiones –dijo él–. No aceptabas mis llamadas. Supongo que no sabrás que estuve en París un par de años después. Pasé a verte, pero tu casera me dijo que estabas en Londres pasando el fin de semana con tu novio.

–No era mi novio. Era un compañero.

–Compañero, novio… Ya no importa –dijo él. Necesitaba un poco de aire–. Iré a comprobar que está todo bien en el jardín.

Dane tardó casi diez minutos en recorrer el perímetro del extenso jardín para dar un poco de tiempo a ambos.

Cuando regresó a la casa, vio que había luz en la cocina. Mariel, estaba sentada junto al estanque, al lado de una doncella de piedra que vertía agua con una jarra. Había estado en lo cierto a la hora de no llevar su relación con ella un paso más allá. Mariel habría sufrido mucho. Tal vez incluso jamás se hubiera marchado, y a él no le hubiera gustado ser responsable de eso.

La miró. Se abrazaba los muslos y tenía una lata de cerveza abierta entre las manos. El vestido se le había bajado un poco, dejando al descubierto su cremoso escote.

Había otra lata de cerveza junto a ella al borde del estanque. Dane lo tomó como una invitación.

Mariel se tensó al escuchar los pasos de Dane e hizo un gran esfuerzo por parecer relajada. No iba a permitir bajo ningún concepto que viera el efecto que le había provocado.

–Feliz año nuevo –replicó mientras le tiraba la otra lata.

Dane la agarró con una mano y tiró de la anilla, pero se mantuvo de pie a unos pasos de distancia. Así, Mariel tuvo oportunidad de ver en qué clase de hombre se había convertido. Siempre había tenido un cuerpo bien tonificado, pero ya no tenía dieciocho años. Tenía veintiocho y estaba en la flor de la vida: la mandíbula era más masculina; la barba más poblada; los ojos parecían ver más, saber más. Bajo aquella camisa, él era todo músculo. Lo había notado cuando lo empujó. Su cuerpo era tan firme como el hormigón.

–¿Qué planes tienes mientras estés aquí? –le preguntó él mientras se sentaba a su lado junto al estanque.

–En este momento, tan solo pienso en relajarme y descansar en el sofá unos pocos días. Eso, después de que conozca perfectamente cada centímetro de mi casa.

De inmediato, se arrepintió de aquellas palabras, porque supo que él se la estaba imaginando sobre la cama. Maldita sea.

Dane se aclaró la garganta y dijo:

–Entonces, eso significa que te vas a quedar una temporada, ¿no?

–Sí.

No tenía elección, pero no iba a contárselo a Dane. El fiasco de París aún le escocía tanto y estaba tan reciente que le provocaba un escalofrío en los huesos. Se tensó.

–Mariel…

Ella se giró al notar que él le tocaba el hombro, como si estuviera lista para salir corriendo o para luchar. O tal vez para aplastar su boca contra la de él…

–Siento la tensión en tu cuerpo desde aquí… –dijo él mientras levantaba una mano para quitarle una horquilla del cabello–. Relájate.

–¿Qué estás haciendo?

–Siempre me gustó que llevaras el cabello suelto –murmuró él–. Te ayudará a relajarte.

–¿A relajarme? –repitió ella. Lo miraba completamente hipnotizada mientras él se concentraba en quitarle el broche con el que se sujetaba el cabello.

–Sí…

De repente, Dane le hundió los dedos en el cabello. Ella se giró hacia él mientras Dane se lo soltaba para que le cayera por los hombros. Comenzó a masajearle la cabeza dibujándole lentos círculos.

A Mariel se le olvidó la tensión y el cansancio. Quería arquearse y ronronear para luego seguirle hasta los confines de la Tierra. Nadie tenía unas manos como las de Dane. Nadie olía como Dane.

Él parecía estar también muy cómodo. ¿Y si Mariel se inclinaba sobre él y volvía a besarlo? Dane tenía razón. Las sensaciones habían sido muy buenas. Ella había visto cómo la mirada gris se le nublaba por el deseo. Había dejado que su lengua se deslizara por la de él, cálida y decadentemente, como un delicioso chocolate…

Ella fue la que se apartó en primer lugar. Justo cuando la boca de él empezaba a responder a la suya. Era la hora de la venganza.

Él apartó las manos. Tal vez frunció las comisuras de la boca con una sonrisa. Tal vez era el cinismo de un hombre demasiado experimentado con las mujeres. Mariel no podía estar segura porque aún estaba tratando de dejar atrás aquella ensoñación.

—Buenas noches—dijo mientras se levantaba y le daba una buena perspectiva de su bragueta—. Echaré la llave cuando me vaya. Que tengas felices sueños.

Con eso, se marchó.

Mariel se dijo que aquello era precisamente lo que debería hacer. Echó el resto de la cerveza en el estanque. A juzgar por el impresionante abultamiento que tenía en los vaqueros, un segundo más podría haber sido demasiado tarde.

Horas más tarde, Mariel estaba tumbada en su cama, mirando el techo.

Los labios aún le palpitaban por el encuentro que habían tenido con los de Dane. Aún podía oler su aroma en el dormitorio.

Frunció el ceño. A pesar de sus intentos de olvidarse de lo ocurrido aquella noche, su mente se negaba a cooperar.

Tampoco podía olvidar los recuerdos de años atrás: le había tomado la mano y le había hecho tumbarse en la cama con ella para que compartieran sus sueños. Entonces, ella había sucumbido a las lágrimas que había estado conteniendo todo el día: quería estudiar en el extranjero, quería tener una carrera. Pero regresaría. Tenía alguien por quien regresar: Dane. Entonces, habían compartido un beso...

Apartó los recuerdos.

Años más tarde, se había permitido enamorarse de otro hombre. Halagada por sus promesas para convertirla en una celebridad. Seducida por su elegante aspecto, por su encanto y por sus atenciones. Mariel había pensado que volvía a estar enamorada.

Suspiró. Ya no era la jovencita soñadora de entonces, la que tejía sueños imposibles a la luz de la luna y un beso de despedida.

Dane se dio la vuelta y tomó el teléfono que tenía sobre la mesilla de noche. Miró la hora. Eran las siete de la mañana.

–Buenos días, señor Huntington –le dijo una alegre voz masculina.

Dane se incorporó sobre un codo.

–¿Quién es usted?

–Me llamo Bronson. Soy un reportero para...

–Me importa un comino para quién trabaje.

–¿Es cierto que su reunión de anoche con la señorita Davenport le ha hecho replantearse su estatus como soltero del año?

Se incorporó en la cama y se sentó.

–No tengo nada que decir –rugió antes de colgar el teléfono.

No habían perdido el tiempo husmeando en el pasado. Se mesó el cabello con las manos y miró por la ventana. El muro de seguridad que bordeaba su casa mantenía alejados a los intrusos.

Mariel. Ella estaba sola en la casa de sus padres. Maldita sea. ¡Tenía que llegar allí todo lo rápidamente que pudiera!

Mariel no se merecía que la arrastraran al circo de los medios de comunicación en la que la vida de Dane se había convertido desde que lo nombraron soltero del año. Marcó el número de la casa de los Davenport. Saltó el contestador automático, por lo que él colgó y se dirigió al cuarto de baño.

Dejó que el agua templada de la ducha le cayera con fuerza mientras maldecía el día que permitió a Justin que le persuadiera para entrar en lo que, rápidamente, se estaba convirtiendo en un circo. Admiradoras adolescentes que seguían al soltero del año como si fuera una especie de estrella del rock en vez de un respetado hombre de negocios y mecenas de organizaciones benéficas. Las chicas de la revista le mandaban correos electrónicos y fingían encontrarse por casualidad con él en el exterior de sus oficinas o en el supermercado. Dane había tenido que dejar de entrenar en su lugar favorito, a lo largo de la orilla del río Torrens.

Estaba cansado del incesante desfile de mujeres que habían logrado entrar en su vida a lo largo de los últimos meses. Desgraciadamente, le quedaban otros seis meses de ser soltero del año, a menos que se comprometiera formalmente con una mujer, algo que no iba a ocurrir jamás.

A menos que… Tal vez podrían llegar a alguna clase de acuerdo.

No, no quería implicarse de ninguna manera con la mujer que jamás había podido sacarse del todo del pensamiento. Se enjuagó el cabello y agarró una toalla. En cualquier caso, era algo irrelevante. Mariel nunca lo aceptaría.

Mariel se despertó con el canturreo musical de las urracas en el exterior de su ventana. Se apartó el cabello del rostro y se levantó de la cama. Se dirigió a la ventana para mirar las tierras que se extendían más allá de su propiedad.

El sol empezaba a caldear el día. Luz y calor, estiró los brazos para darlos la bienvenida después de la ropa que exigía el invierno en Europa.

Fue a mirar en su maleta. Lo que necesitaba era darse un buen baño en la piscina. Dado que no podía encontrar el traje de baño y tenía la casa para ella sola, se puso el primer conjunto de ropa interior que encontró. Era de color zafiro, con pequeñas cerezas por todas partes y el borde de raso de color rojo.

Se detuvo al borde de la piscina. Entonces, se dejó llevar por un momento de locura y decidió que lo mejor sería bañarse desnuda.

Se quitó la ropa y se zambulló en la refrescante frescura. Al salir de nuevo a la superficie, se dirigió al otro lado con largas y lentas brazadas.

La última vez que estuvo nadando fue durante una sesión de fotos en la Riviera Francesa. Al estar trabajando, la diversión se había visto aplastada por las hordas de fotógrafos y de bañistas. Aquella mañana tenía la piscina para ella sola. Todo un lujo.

De repente, presintió que aquella noción era prematura. No tardó en descubrir a Dane, que estaba junto al borde de la piscina, con un periódico doblado debajo del brazo. Iba vestido de blanco. Unos pantalones cortos blancos y camiseta del mismo color. El pulso se le aceleró.

Lo miró a los ojos. Él se había colocado las gafas de sol sobre la cabeza. Entonces, Mariel recordó que estaba completamente desnuda.

–¿Qué estás haciendo aquí? –le preguntó mientras miraba la ropa y la toalla, que estaban completamente fuera de su alcance. Se sonrojó y el pulso se le aceleró aún más.

Dane se acercó un poco más al borde de la piscina y la observó con sus penetrantes ojos grises.

–Observándote. ¿Necesitas que te rescate?

–¡No! –exclamó ella hundiéndose en el agua todo lo que podía. Ninguna parte de su cuerpo quedaba libre de la poderosa mirada de Dane–. ¿Cuánto tiempo llevas ahí? Pásame mi ropa.

–No tienes que preocuparte. Ya te he visto desnuda –replicó él con una media sonrisa.

–Verme desnuda a los siete años no cuenta.

Dane recogió la ropa interior de Mariel y se la ofreció, aunque sin soltarla.

–No es culpa mía que te olvidaras de la toalla y te arriesgaras a andar por ahí desnuda.

–Lo que tú digas. Date prisa.

–Bonita ropa interior, por cierto.

Mariel era plenamente consciente de que él no estaba mirando su ropa interior. Sintió un escalofrío. De repente, el agua resultaba helada contra su acalorada piel.

Justo cuando creía que él no iba a jugar limpio, Dane las soltó. Cayeron al agua y se fueron flotando por la superficie de manera que ella tuvo que apartarse del muro y nadar un poco para recuperarlas.

–Gracias –dijo ella cuando por fin las tuvo entre sus manos–. Ahora, si quisieras ser un caballero y darte la vuelta…

–Lo que pasa, Mariel, es que no soy un caballero…

Al cabo de unos segundos, él dio un paso atrás y, por fin, se dio la vuelta.

–¿Te has dado cuenta de que hay un fotógrafo a doscientos metros carretera abajo? –comentó él–. Podrían tener un teleobjetivo apuntándote.

Con dedos temblorosos, Mariel se puso la ropa interior, tarea bastante difícil bajo el agua.

Cuando terminó de ponerse la ropa interior, salió del agua. Al escucharla, Dane se volvió.

–Deberías tener más cuidado con tu seguridad. Yo podría haber sido cualquier desconocido.

Mariel tomó la toalla y comenzó a secarse el rostro.

—Pero no lo eres.

—¿Has visto los periódicos de esta mañana? —le preguntó él mientras lo arrojaba sobre una pequeña mesa de cristal.

—No. ¿Algo malo?

—Eso dejaré que lo decidas tú —dijo él mientras la miraba lánguidamente—. Por cierto, si no tienes cuidado, te quemarás esa piel tan acostumbrada al suave sol europeo.

Mariel ya se sentía ardiendo bajo la mirada de Dane. Los pezones, erectos por el agua fría, se le contrajeron dolorosamente.

Se secó una vez más y luego se colgó la toalla alrededor del cuello.

—¿De qué se trata?

—Compruébalo tú misma. Página veintitrés.

Había una fotografía de los dos marchándose de la boda y otra más pequeña del coche de Dane aparcado frente a la casa de sus padres.

Parece que la misteriosa mujer que iba del brazo de Dane Huntington anoche no es otra que Mariel Davenport, la hija del acaudalado terrateniente Randolph Davenport y la última sensación en el mundo de la moda de Europa. La señorita Davenport llegó de París y, según parece, cayó directamente en los brazos de su antiguo amigo y novio. ¿Podría ser que esta reunión tan íntima pudiera dar por finalizado el reinado del soltero del año más popular de Adelaida?

Mariel no se molestó en seguir leyendo. Trató de echarse a reír, pero no pudo hacerlo.

–Tan solo son cotilleos. No haces caso a esa basura, ¿verdad?

La enigmática expresión del rostro de Dane no cambió.

–¿Qué te parece a ti?

Mariel se encogió de hombros y se dirigió hacia la casa. El calor del hormigón le quemaba las plantas de los pies.

–Todo se olvidará dentro de un par de días. Voy a darme una ducha. ¿Has desayunado?

–He comprado unos cruasanes por el camino. Me imaginé que te gustaría compartirlos. Están en la cocina cuando estés lista.

Mientras se duchaba, Mariel pensó en el artículo. Ser vista con Dane le daba una notoriedad que no necesitaba. No haría falta buscar mucho para que alguien lo suficientemente interesado desenterrara lo ocurrido en París con Luc. Jamás podría crear un negocio de éxito en Australia con aquella publicidad tan negativa. Esperaba que la atención se fuera mitigando cuando se dieran cuenta de que no había nada entre ellos.

Capítulo Tres

Dane encontró café, tazas y una cafetera de émbolo. Encendió el hervidor de agua y se puso a estudiar las páginas financieras mientras esperaba a Mariel. Oía el agua correr, por lo que tuvo que obligarse a no pensar en cómo aquella hermosa carne estaría cubierta de agua caliente y jabonosa.

Cuando Mariel entró en la cocina, levantó la vista. Llevaba puesto un minivestido de color azul marido con un luminoso estampado floral. Ceñía su sensacional figura y dejaba mucha pierna al descubierto. Que el Cielo lo ayudara.

—Así me siento mucho mejor —dijo ella. Se sentó frente a él y dejó que su seductora fragancia lo envolviera.

Dane no estaba de acuerdo. Decidió ignorar la rápida respuesta de su cuerpo y les sirvió a ambos un café. Entonces, se acordó y se sacó una pequeña bolsa de plástico del bolsillo.

—El otro día estaba limpiando mi coche cuando encontré el pendiente de diamantes de Phoebe.

—¿Perdió un pendiente en tu coche? —le preguntó ella. De repente, su rostro había palidecido.

—Sí. Hace un par de semanas.

—¿Phoebe y tú…?

–Sí, y cuatro mujeres en realidad. Estábamos completamente borrachos, diciendo burradas y riéndonos como tontos.

–Sí, claro…

–¿Has tratado alguna vez de llevar a un montón de mujeres a casa después de una despedida de soltera?

–¿Despedida de soltera?

–La de Amy. Se habían emborrachado a base de Mai Tais. Pidiéndole orgasmos a un *stripper* muy bien dotado… Son sus palabras, no las mías. La novia me pidió que fuera el chófer.

La expresión de Mariel no se alteró, pero él notó algo en sus ojos. Ella tomó un cruasán.

–Estoy segura de que eso te fastidió el calendario social.

–En absoluto –dijo él, tomando también un cruasán–. Lo haría por ti si me lo pidieras

–¿Desnudarte? No, gracias –repuso ella antes de tomar un sorbo de café.

–Me refería a lo de hacer de chófer. Aún no tienes coche, ¿verdad?

–En realidad sí que tengo. Uno amarillo muy bonito. Voy a ir hoy a recogerlo.

Dane observó cómo ella comía en silencio. Antes de volver a hablar, se pensó muy bien lo que iba a decir, pero tenía que asegurarse.

–¿Qué es lo que pasa con tu socio en los negocios? No es solo tu socio, ¿verdad?

–No. Él… –dijo Mariel. Se detuvo un instante y apretó los labios, como si temiera decir demasiado–. La palabra clave es era. Es historia. Déjalo así –añadió. Se tomó el café y se terminó el cruasán antes de volver a hablar–. Me alegro de que estés aquí. Puedes poner en práctica tus habilidades como chófer y llevarme al concesionario. Es decir, si no tienes otros compromisos.

–Hoy no tengo nada que hacer. ¿Cuándo te quieres marchar?

Ella enjuagó los platos y los guardó.

–Estaré lista dentro de unos minutos.

Mientras esperaba, Dane estuvo terminando de leer el periódico. Veinte minutos más tarde lo dobló y se acercó a la ventana. ¿Qué habría ocurrido entre Mariel y su amante? Se dijo que no era asunto suyo, pero seguía aún pensando en ello cuando oyó los pasos de Mariel sobre las losetas del suelo.

Se había puesto unas sandalias rosas para acompañar el vestido y un collar a juego. Tenía un aspecto fresco, divertido. Divino.

Dane se metió las manos en los bolsillos. En el pasado se lo habría dicho, pero decidió que con la fricción que existía entre ellos, era mejor que se guardara para sí cualquier exclamación de admiración verbal.

Ella lo miró fijamente un instante y frunció el ceño, como si se sintiera desilusionada de que no le dedicara los cumplidos que solía hacerle.

Entonces, vio las llaves del coche de Dane sobre la mesa y se lanzó a por ellas.

–Conduzco yo –dijo, riendo–. Tu Porsche. Hasta la ciudad.

–¿Eso es lo que crees?

Dane se colocó junto a ella inmediatamente y trató de quitarle las llaves. La risa de Mariel le llegó muy dentro, igual que le ocurrió a ella con la profunda voz de él. El olor de su cuerpo parecía envolverla. Tras una pequeña escaramuza, él le agarró la mano donde tenía las llaves.

Los dos se quedaron inmóviles. Incluso el corazón de Mariel pareció detenerse. La camiseta de él rozaba ligeramente su espalda desnuda de tal modo que ella era plenamente consciente de los firmes abdominales. Por encima del susurro del aire acondicionado, oyó que el reloj del vestíbulo daba la hora. Sentía el aliento de Dane en el cabello, el poder que podía ejercer sobre ella, tanto en cuerpo como en mente. Si le dejaba…

Dudó demasiado tiempo. Contuvo el aliento, pero lo dejó escapar cuando él la obligó a darse la vuelta. Observó la frialdad de su mirada de acero antes de que los labios de él se unieran a los suyos con impaciencia. Si hubiera podido, Mariel habría utilizado las manos para apartarlo, pero él se las tenía aún sujetas. El corazón de Dane le latía aceleradamente contra una mano.

No tuvo tiempo de pensar. Las sensaciones se apoderaron de ella. El calor que desprendían las manos de él contra su espalda desnuda, los senos aplastados contra el torso de él, el sonido de su propio pulso retumbándole en los oídos.

Como si él se lo hubiera ordenado, los labios se abrieron bajo los de Dane, suavizándose y permitiendo que entrara la lengua y que entablara con ella una erótica batalla.

No hubo delicadeza alguna en aquel encuentro. Aquel asalto a los sentidos no se parecía en nada al beso de la noche anterior. Resultaba excitante. Aterrador. Esto le dio la fuerza para apartarle. Lo miró y, al ver sus ojos, no pudo descifrar la tormenta que se agitaba en ellos.

–¿Quién te crees que eres para maltratarme de ese modo? –le preguntó.

–Te has olvidado de él. Si no, jamás me habrías permitido que te besara. Ni anoche ni ahora. Y mucho menos de ese modo. ¿Por qué has regresado, Mariel?

–Te dije que…

–Aparte de ver a la familia.

Mariel respiró profundamente.

–Quiero crear mis propios diseños de moda. Tener mi propia boutique.

–Eso lo podrías haber hecho en París. ¿O acaso creíste que París no sería lo suficientemente grande para los dos?

Mariel sintió que las piernas casi no podían sostenerla, por lo que tomó asiento.

–No es eso…

Dane se sentó en otra silla.

–Cuéntamelo.

–Luc es un fotógrafo de moda, elegante y sofisticado. Barrió a una chica inocente como yo.

Dane asintió.

–Sigue –le dijo.

–Le gustaban mis diseños, pero le gustaba más mi rostro, por lo que empecé a ser su modelo. Creamos un negocio juntos. Ganábamos mucho dinero. Empezamos una relación y yo me marché a vivir a su apartamento. Desgraciadamente, resultó que Luc era un traficante de drogas y que, además, estaba teniendo una aventura. Lo arrestaron el día de Navidad. A mí me llevaron a comisaría para interrogarme y me tomaron las huellas dactilares.

–Canalla…

–Sí –observó ella recordando la humillación que había sentido–. Mi familia no sabe nada de todo esto y quiero que siga siendo así.

–Tienes mi palabra.

–Por eso… quiero crear un negocio aquí, pero en estos momentos ando un poco justa de dinero.

Dane levantó una ceja.

–Yo habría pensado que el dinero no te faltaría… ¿No me digas que…?

–Sí. No queda nada –susurró. Se sentía como una estúpida–. Y me temo que ahora que mi nombre ha salido en la prensa relacionado contigo, no tardarán en sacar toda la mierda que dejé atrás.

–No creo que eso ocurra si les damos algo más en lo que centrarse.

–¿Qué quieres decir?

–Podemos darles la impresión de que somos pareja. Necesito una acompañante habitual para quitarme parte de la presión de lo de ser soltero del año –añadió él–. Alguien que me acompañe a los actos oficiales. Será buena publicidad para ti y si terminan descubriendo algo de lo ocurrido en París, la influencia que yo tengo con los medios de comunicación podría venirte bien. En cuanto al dinero, tengo un local vacío cerca de mi oficina que podrías utilizar gratuitamente para arrancar tu negocio.

—¿Y cómo de habitual tendría que ser esa acompañante?

—Bueno, te vendrás a vivir conmigo…

—Espera un momento. ¿Irme a vivir contigo?

—Así es más seguro. Tus padres no están. No querrás estar sola en esta casa tan grande. Nadie tiene que saber lo que ocurre entre las paredes de mi casa.

—Entonces, ¿quieres decir que a los ojos del público seremos una pareja?

—Amantes —le corrigió él.

—Entonces, ¿hemos pasado de acompañante y de un par de citas a amantes?

Dane la miró serenamente.

—No voy a fingir que no te quiero en mi cama.

—¿Y qué te hace pensar que yo querría?

—Sensaciones. Vibraciones. Como quieras llamarlo. Han estado ocurriendo entre nosotros desde anoche. No puedo decir que me alegre por ello. Solo complica las cosas.

—Por una vez, estamos totalmente de acuerdo.

—Los dos queremos lo mismo, pero yo soy el único que está dispuesto a hablar al respecto.

Mariel apretó los labios para no hablar y se obligó a mirarlo.

–Tus ojos me bastan como respuesta –susurró él. Entonces, le miró los senos–. Y luego está el modo en el que tu cuerpo respon…

–Está bien. No hace falta que sigas.

Respiró profundamente. Para ella, lo más importante era empezar su negocio. Buena publicidad y un lugar en el que instalarse. Debía de olvidarse de las sensaciones y de las vibraciones. Si eso significaba vivir en la casa de Dane y hacerse pasar por su amante, se tragaría su orgullo y aceptaría.

–Está bien. Dos personas sofisticadas como nosotros deberían ser capaces de sacar esto adelante sin demasiados dramas. Sin embargo, esto es un acuerdo de negocios. Te pagaré cuando mi negocio empiece a dar dinero.

Se recordó que él no era el tipo de hombre con el que ella salía. A ella le encantaba el estilo y el glamour, los hombres sofisticados y elegantes. Por el contrario, a Dane no le importaban en absoluto las apariencias.

–Por supuesto, esto no será en ningún caso una relación propiamente dicha. Tengo una condición. En estos momentos, los hombres ocupan un lugar poco importante en mi lista de prioridades, por lo que para mí no será un problema. Sin embargo, no toleraré indiscreción alguna por tu parte mientras estemos… juntos. No voy a consentir que me vuelvan a dejar en ridículo.

–Estás muy equivocada, Mariel. El que ha quedado en ridículo ha sido ese francés.

Dane se levantó y colocó la silla en su sitio. Entonces, comenzó a agitar las llaves del coche delante del rostro de Mariel. De algún modo, había conseguido quitárselas.

Dane abrió la mano y las dejó caer sobre la palma de las de ella.

–Vamos a mirar el local para tu nuevo negocio y a recoger tu coche.

Diez minutos más tarde, mientras avanzaban por la autopista que llevaba hasta la ciudad, Mariel preguntó:

–¿Cómo hay que vestirse mañana por la noche? ¿Se trata de un evento formal?

–Sí.

–Tendré que comprarme un vestido.

–Solo ten en cuenta que quiero poder deslizar las manos por tu espalda cuando nos estemos achuchando en la pista de baile.

El modo en el que pronunció aquellas palabras, lenta y sensualmente, le produjo a Mariel escalofríos y estremecimientos. Mariel se aclaró la garganta.

–¿Algún requerimiento más, como el color?

–Sorpréndeme, pero asegúrate de que la cremallera se baje fácilmente. No querría tener que rasgar la tela.

El pulso de Mariel se aceleró.

–Cuando lleguemos a la ciudad, haremos las gestiones para conseguirte una tarjeta de crédito –dijo él–. Supongo que querrás todo. Zapatos, cabello, etc. Es una ocasión muy importante para mí, así que te ruego que no escatimes.

–Jamás lo hago –replicó ella–. ¿De qué es el evento?

–Es la fiesta benéfica más importante de una ONG que fundé hace años y que se llama OzRemote. La cena y el baile recogen donaciones para apoyar a los niños de las zonas despobladas del interior que no tienen acceso a los ordenadores ni a la tecnología moderna.

–¿Donas ordenadores?

–Es mucho más que eso. El dinero que reunamos puede pagar a expertos en estas materias para que visiten los emplazamientos más remotos, instalen equipos y ofrezcan apoyo tecnológico. Dentro de poco tengo un viaje que me llevará al noroeste del país.

–Si no recuerdo mal, los participantes en la competición de soltero del año deben recaudar una cierta cantidad de dinero antes de poder participar.

–Correcto –dijo él. Entonces, dijo una cifra que hizo que ella asintiera con aprobación.

–Impresionante. Me aseguraré de elegir algo adecuado para la ocasión.

El local que Dane le ofrecía era pequeño, pero Mariel se centró en los aspectos positivos. Tenía una dirección para su negocio, un lugar en el que almacenar, mostrar sus diseños y crear al mismo tiempo. Podría renovar la parte delantera y vestir el escaparate para atraer a los clientes. Contratar a su propio modisto… Solo eran sueños, pero le pertenecían y Dane iba a ayudarla a conseguir que se hicieran realidad.

Después de dejarla en el concesionario, recogió su coche y regresó a la casa de sus padres. Pensaba emplear el resto del día en la compra del vestido.

Llegó a la dirección que él le había dado a última hora de la tarde. Estaba en el norte de Adelaida, en una de las calles más elegantes y distinguidas. Le llamó por teléfono para decirle que había llegado. Mientras esperaba a que se abrieran las verjas de entrada, comprobó que no había ningún reportero por ninguna parte.

Se tomó un segundo para admirar la imponente mansión antes de aparcar el coche junto al Porsche de Dane. Se detuvo un instante para pensar. Era lo suficientemente inteligente como para saber que aquello no podía llevar a ninguna parte. Dane no era su tipo y él no mantenía relaciones largas. Sin embargo, desgraciadamente, él solo tenía que estar en la misma habitación con ella para que la libido de Mariel respondiera inmediatamente.

No tuvo tiempo de seguir pensando porque Dane apareció para ayudarla a descargar el coche. Ella lo siguió y entraron a la casa.

Las estancias eran maravillosas y estaban decoradas con un gusto exquisito, sin embargo, fue un tablero de ajedrez lo que llamó inmediatamente su atención.

–¡Vaya! ¡Es magnífico! –exclamó mientras se acercaba para inspeccionarlo

–Es de cristal blanco y negro. Hecho a mano. Es único.

Mariel tomó el rey. Tenía una altura similar a la de un frasco de champú y, como el resto de las piezas, tenía la punta superior de oro. Dane accionó un interruptor que había a un lado del tablero y este se iluminó desde abajo.

–Es el tablero más maravilloso que he visto nunca.

–¿Sabes jugar?

–Ya me conoces… No podía estar sentada el tiempo suficiente.

–Una pena. No hay nada que me guste más que una partida de ajedrez.

–¿Te enseñó tu padre?

–Sí. Es una de las pocas cosas de valor que aprendí de él –dijo con un tono frío que no invitaba a seguir hablando del asunto.

Mariel volvió a dejar la pieza en su sitio. Le entristecía que, después de tantos años, siguiera habiendo amargura entre ellos. No culpaba a Dane, pero era muy triste.

En la parte de arriba pasaron por una puerta abierta.

–¿Es este el despacho que tienes en la casa?

Sin esperar a que él la invitara a pasar, se dirigió al balcón. Los rascacielos de Adelaida se alzaban contra el cielo azul, teñido ya por los últimos rayos del sol de atardecer. Mariel respiró profundamente, disfrutando de los aromas del verano.

Se giró para estudiar el despacho. Una repleta estantería, un escritorio con un moderno ordenador y una antigua lámpara verde. Trofeos escolares y una colección de miniaturas de coches en otra estantería.

–Vamos. Ya podrás explorar la casa en otro momento.

Dane abrió otra puerta y dejó la pequeña maleta de Mariel. La brisa entraba delicadamente por la ventana.

–Si lo prefieres, hay aire acondicionado.

–No, así está bien.

–El cuarto de baño es la siguiente puerta por el pasillo. Será todo tuyo. El mío está dentro de mi dormitorio.

–Gracias –dijo ella. Colocó las compras que había hecho encima de la cama.

–Baja cuando estés lista y prepararé algo de comer.

¿Cómo iba a poder comer algo con todas las aguas peligrosas que la rodeaban? Necesitaba estar con gente. Mucha gente. Ir a la ciudad y escuchar las voces de los demás.

–Salgamos a comer fuera –sugirió ella–. Conozco el lugar adecuado.

***

51

Los turistas y los habitantes de la ciudad paseaban por las calles mientras que otros disfrutaban de una bebida en las terrazas al aire libre de la concurrida calle.

Desde su pequeña mesa, Mariel observó el lugar donde Dane y ella habían disfrutado de muchas comidas, aunque desgraciadamente el viejo carrito de comida rápida no estaba allí. Una fila de taxis llenaba aquel espacio.

–Pero si era un icono de Adelaida desde hace más de un siglo –gruñó ella–. Te iba a invitar a una empanada por haberme dejado conducir.

Mariel apoyó la barbilla en la palma de la mano y tomó un poco de limonada. No se dio cuenta de que él había movido la mano hasta que rozó la de ella y le deslizó el pulgar por la muñeca.

–Haremos la nuestra.

El modo en el que lo dijo, como si no estuviera hablando precisamente de empanadas sino de algo mucho más placentero, hizo que ella lo mirara y se sintiera atraída por la sensual promesa que vio en sus ojos. El hombre que la observaba no era el adolescente que ella había conocido, sino el hombre que no dudaría en poseer lo que quisiera. Este hecho le provocó un profundo escalofrío por la espalda. Trató de apartar el brazo, pero él la agarró con más fuerza.

–No… –susurró él. Se la llevó a los labios para depositar una línea de besos desde la palma de la mano hasta el codo. Mientras lo hacía, la observaba con la mirada encendida de pasión.

El pulso de Mariel se aceleró.

—Se supone que somos amantes, ¿recuerdas? —murmuró él.

—Nadie nos está observando… No tienes por qué hacer eso.

—Eso no es cierto. Nunca se sabe quién puede estar observando. Vayámonos a casa.

—La cena está servida —dijo Dane. Dejó los aromáticos platos sobre la mesa del comedor. Dos empanadas flotaban en un mar verde. Parecía algo incongruente comparado con la elegancia que reinaba en la habitación.

Le ofreció una botella medio vacía de salsa de tomate.

Dane la observó mientras se servía la salsa de tomate. Solo Mariel podía comer una empanada chorreando de salsa de tomate y de sopa de guisante con una cierta elegancia.

—¿Tu padre no se ha mudado a la ciudad? —le preguntó ella tras tomar un poco de vino.

—No.

Mariel frunció el ceño.

—Sé que lo pasaste mal cuando eras niño, pero ahora es un anciano. Debe de estar a punto de cumplir ochenta años. ¿Cómo se las arregla solo?

—Ya conoces a mi padre. Tiene una mujer de cuarenta años muy en forma y muy saludable para que le ayude a arreglárselas.

—Ah.

–Exactamente.

Mariel conocía las circunstancias. Tanto el padre como la madre de Dane habían disfrutado de muchas aventuras extramatrimoniales. Su madre se marchó para irse a vivir con otro hombre cuando Dane tenía siete años. Su padre había metido interno a su hijo en el exclusivo colegio al que iba Mariel porque no quería tener que hacerse cargo de él.

–Me ha ido muy bien sin su apoyo.

Así había sido. Había trabajado como cualquier muchacho, sirviendo mesas para pagarse los estudios hasta que Justin y él crearon su propio negocio. Cinco años después, él había conseguido lo que muchos no alcanzaban ni en una vida entera.

No necesitaba una familia. No necesitaba a nadie. Las mujeres que entraban en su vida se marchaban de nuevo cuando se daban cuenta de que él no era la clase de hombre con el que podían llegar a mantener una relación larga. Solo duraba algo más la que se contentaban con algo temporal.

–Entonces, ¿tampoco has cambiando de opinión en lo de sentar la cabeza y tener hijos?

Dane se preguntó si ella le habría leído el pensamiento. Agarró con fuerza la copa.

–Ya me conoces. Yo soy el soltero empedernido. En cuanto a lo de los hijos. Ni en un millón de años. De ninguna manera.

–Eso es muy triste, Dane. Estás dejando que tu infancia rija la persona que eres ahora. No hay nada más valioso que la familia.

Mariel dejó los cubiertos a un lado del plato y lo miró a los ojos. Dane asintió una vez. Mariel, la mujer sincera, honrada y cariñosa. Siempre lograba calmar su estado de ánimo. Desgraciadamente, en aquellos momentos, Dane deseaba mucho más que eso.

Refrenó su libido y se levantó de la mesa.

—Tengo melocotones o una...

—Gracias. No quiero nada más —dijo ella. Se limpió los labios con la servilleta y se puso de pie—. Voy a ser una perezosa y no te voy a ayudar a recoger. Aún no he terminado de recorrer la casa.

—¿Quieres café?

—Preferiría un poco de agua helada.

Cuando Dane terminó de recoger los platos, la encontró en el salón. Ella había descubierto su equipamiento fotográfico y estaba examinando la cámara. Le hizo unas fotos en rápida sucesión y luego comprobó el resultado en la pantalla.

—Decididamente podrías ser modelo. No se me había ocurrido antes, pero he cambiado de opinión —añadió—. Te la tomaré prestada un rato. Cargaré las fotos que he tomado en tu ordenador. ¿Tienes un sitio web?

—No.

—¿Ni siquiera para tu negocio?

—No irás a poner esas fotos en el sitio web de mi negocio, ¿verdad?

—Debes de estar en alguna red social.

—No tengo tiempo para cotilleos.

—No son cotilleos. Se trata de socializar y compartir –le corrigió ella–. Hubo un tiempo en el que solías compartid todo conmigo. Bueno, casi todo…

Efectivamente. Compartían los helados en el cine, las toallas de la playa y las salchichas de las barbacoas.

Trató de recuperar la cámara, pero ella se la puso rápidamente a la espalda.

–Ahora que te estás haciendo viejo, eres un poco más lento.

–O tú tienes cada vez peores artes.

Se acercó a Mariel hasta que su cuerpo estuvo a pocos centímetros del de ella.

–¿Qué es lo que quieres decir? –preguntó ella parpadeando llena de inocencia.

Dane le colocó las manos en los hombros.

–Sabes exactamente lo que quiero decir. Utilizas tus ojos y todo eso de que yo solía compartir todo contigo como una distracción.

Como si los delgados tirantes que sentía bajo los dedos no fueran distracción suficiente. Notó que no llevaba tirantes del sujetador. Solo los del vestido…

Casi sin tocarla, le deslizó las manos por los brazos y sintió cómo el vello se le ponía de punta. La aprisionó contra su cuerpo con una mano y, con la otra, trató de alcanzar la cámara.

Se había olvidado de la razón de todo aquello. Todo había quedado borrado de su mente, a excepción de las sensaciones que le habían producido los senos de ella aplastados contra su torso y la fragancia de su piel. Con la mano que tenía libre, le acarició la espalda desnuda, sintiendo cada vértebra bajo sus dedos.

Mariel echó la cabeza atrás. Los labios quedaron justo allí, pegados a la garganta de Dane.

Él sintió en los labios el hormigueo de la anticipación…

Maldita sea…

No se trataba de una mujer desconocida en una habitación cualquiera donde la lujuria era lo único que tenían en común. Lanzó una maldición en silencio.

Sabía que no se detendría hasta que la tuviera retorciéndose de placer debajo de él. Y ella no estaba lista para eso ni tampoco estaba él dispuesto a correr el riesgo, dado que el baile tenía lugar al día siguiente por la noche.

Por eso, en aquella ocasión, fue él quien dio un pasos atrás. Le dio un beso ligero en los labios y dijo:

–Tengo que repasar algunos detalles de última hora para mañana por la noche. Será mejor que me ponga con ellos.

Mariel parpadeó como si acabara de despertarse de un sueño.

–Por supuesto –susurró.

–Tal vez sea mejor que te acuestes temprano. Mañana, la noche será muy larga.

Ella asintió sin decir ni una sola palabra.

Un hombre con la experiencia que él tenía del sexo opuesto sabía cuándo era mejor esperar.

Capítulo Cuatro

A la mañana siguiente, cuando Mariel bajó a desayunar, Dane ya estaba vestido. Tenía una maleta y un traje guardado en una funda. Estaba leyendo el periódico y tomándose un café.

–Buenos días.

Dane levantó la mirada al escuchar el saludo de Mariel. Tenía el ceño fruncido, como si se sintiera incómodo al verla allí.

–Buenos días.

Con eso, se puso de nuevo a leer el periódico. Ella sintió la tensión que emanaba de él.

–¿Acaso he hecho algo que no debía?

–No, por supuesto que no –respondió él sin levantar la mirada.

–Entonces, ¿qué es lo que ocurre?

Dane la miró por fin.

–Jamás he compartido el desayuno con una mujer en esta casa. Me ha pillado desprevenido.

–Me estás tomando el pelo, ¿verdad? ¿El casanova de Daniel Huntington nunca ha tenido una mujer durmiendo en la casa?

Él se puso de nuevo a leer el periódico.

–Yo no he dicho eso. Tengo un ático en la ciudad –contestó. Se terminó de tomar el café y dejó la taza con un golpe seco–. Voy a estar muy ocupado todo el día organizando la fiesta de esta noche. He reservado una suite para nosotros en el hotel, por lo que haré que un coche venga a buscarte cuando estés preparada.

Ella aún seguía pensando en lo primero que él había dicho.

–¿Tienes un apartamento en la ciudad para el sexo?

–Quiero que mi vida privada siga siendo exactamente así: privada. También he concertado citas para un masaje, tratamiento de spa, peluquería y maquillaje –añadió, como si ella no le hubiera interrumpido con una pregunta que evidentemente no quería responder–. ¿Se me ha olvidado algo?

–Creo que no. Me viene bien mimarme un poco. ¿Reciben todas tus parejas el mismo tratamiento?

–Esta noche es muy importante, Mariel. Nos quedaremos a pasar la noche, por lo que si hay algo más que pudieras necesitar…

–¿A pasar la noche?

–Queremos darles algo sobre lo que especular. ¿No habíamos quedado en eso?

–Ah. Por supuesto. A los periodistas…

Los periodistas no habían sido la razón por la que la había besado el día anterior.

Dane recogió sus cosas y se dirigió a la puerta haciendo tintinear las llaves del coche.

–Me reuniré contigo en nuestra suite a las seis y media.

La tarde que pasó Mariel en el salón de belleza y en el spa fue una pura delicia. Le dieron un masaje, le exfoliaron la piel y le aplicaron diversos tratamientos hasta que la piel le relució, el cabello le brilló y las uñas resplandecieron.

Sin embargo, a pesar de tantos tratamientos, no podía dejar de pensar en lo que se estaba metiendo.

Se consideraba lo suficientemente sensata como para aceptar que era posible disfrutar de la intimidad sexual sin enamorarse. Cuando un hombre como Dane y ella tomaran caminos separados, como terminaría por ocurrir, tendría que aprender a vivir sin él.

A las seis en punto, en uno de los dormitorios de la suite, se puso el vestido. Era un diseño único de un afamado modisto europeo. Se le ceñía tanto al cuerpo que le llevó unos instantes poder subírselo. Cuando se cerró la cremallera del costado, desaparecieron las últimas arrugas.

No ocurrió lo mismo con sus nervios. Le atenazaban el estómago. Se puso los zapatos de tacón de aguja, que añadieron un toque deslumbrante a su recogido y al maquillaje. Un delicado collar de diamantes negros le adornaba la garganta, con una pulsera a juego en la muñeca derecha. Los largos pendientes de platino no dejaban de moverse mientras miraba su imagen en el espejo.

Satisfecha de su aspecto, ordenó su bolso y se dirigió a la ventana para contemplar la puesta de sol. Se volvió al escuchar que la puerta de la suite se abría. Era ridículo que el corazón le latiera a toda velocidad como si aquella fuera su primera cita. Sabía que tenía un aspecto inmejorable, que aquel era exactamente el tipo de vestido que solían ponerse sus parejas, pero no le importaba lo que Dane pudiera pensar.

Mentira, sí que importaba.

Respiró profundamente y se dio la vuelta. ¿Cómo era posible que pudiera quitarle el aliento casa vez que lo veía? Dane llevaba puestos unos pantalones negros y una camisa blanca a medida que, una vez más, acentuaba sus anchos hombros y se ceñía a su amplio torso. Tenía aún el cabello ligeramente mojado.

Mariel sintió la tentación de acercarse a él para peinárselo con los dedos, pero mantuvo la compostura.

–Sin corbata a una fiesta de etiqueta... ¿Por qué ignoras tus propias reglas, Dane?

–Porque puedo.

Dane miró a Mariel de arriba abajo. Que Dios le ayudara. ¿Cómo iba a poder ir a la fiesta de aquella noche con aquella tentadora sirena del brazo? De repente, pareció haberse quedado sin habla, por lo que tuvo que pedirle que se diera la vuelta con un gesto.

Blanco, largo, muy ceñido, con profundo escote en la espalda, tan profundo que, de hecho, de-

61

jaba al descubierto la parte final de la espalda. Escote de vértigo por delante, un escote que no parecía terminar nunca. Eso le hizo preguntarse cómo era posible que el vestido no se le deslizara de los hombros. Una abertura a un lado... Sin poder evitarlo, se preguntó si llevaría ropa interior.

–¿Y tú hablas de reglas? –murmuró él sin poder apartar los ojos de ella–. Ese vestido las pulveriza todas. De hecho, debería ser ilegal. ¿Es una de tus creaciones?

–Yo no me pongo mis propias creaciones –replicó ella dándose de nuevo la vuelta para mirarlo. La abertura se abrió por completo para dejar al descubierto toda la longitud de la pierna–. ¿Crees que es demasiado?

–Más bien que no es suficiente –comentó él frunciendo el ceño. Le dejaba perplejo su propia reacción. Jamás había sido un hombre conservador y le gustaban mucho las mujeres guapas.

–¿Cuál es el problema?

¿Problema? Siempre le había gustado tener del brazo el objeto de deseo de todos los hombres. Sin embargo, ¿iba a poder superar la velada sabiendo que todos los hombres presentes iban a hacer todo lo posible por ver un poco más de piel del cuerpo de Mariel? Se le tensó el cuerpo entero.

Si aquella noche no hubiera sido tan importante, si él no hubiera sido el organizador del evento, lo habría cancelado todo y habría sugerido que no acudieran a la fiesta.

Lo que ocurría precisamente era que no quería

que nadie mirara lo que, en realidad, quería mirar él exclusivamente en la intimidad de la suite.

–¿No tienes algo… más? ¿Tal vez un chal?

No se podía creer lo que acababa de decir. Necesitaba cambiar de actitud si quería que aquella velada transcurriera sin problemas. Por supuesto, Mariel estaba preciosa. Él sería la envidia de todos los hombres, y posiblemente de toda las mujeres, que hubiera en aquella sala. Tenía la intención de asegurarse de que todos sabían que sería él con quien estaría Mariel al final de la velada.

Ella lo contemplaba muy seria. Sabía que estaba muy guapa. El vestido no era vulgar. Tan solo muy sexy, por lo que se negó a sentirse herida o avergonzada.

–No. No tengo ningún chal. Ni lo necesito. Y, para utilizar tus propias palabras, voy a llevar este vestido porque puedo. Y puedo llevarlo muy bien.

Con eso, tomó su bolso y se dirigió a la puerta. Antes de que consiguiera salir, una mano se lo impidió.

–Lo siento –dijo él secamente–. Simplemente me has sorprendido. Estás sensacional.

«Poco y demasiado tarde», pensó ella. Sin embargo, trataría de mostrarse agradable porque les quedaba por delante una velada entera.

–Está bien. Nos olvidaremos de esto y trataremos de disfrutar de la fiesta.

***

Mariel observó cómo los números de las plantas parpadeaban rápidamente a medida que el ascensor descendía. Los dos estaban separados. El único sonido que rompía el incómodo silencio era el de sus respiraciones. Por fin, las puertas se abrieron. Dane le tomó la mano y se la colocó sobre su brazo.

El vestíbulo del hotel estaba muy concurrido. Había fotógrafos y periodistas cubriendo su llegada y la de otros invitados importantes. Al verlos, se dirigieron inmediatamente a Dane para entrevistarlo.

–¿Cuáles son sus planes ahora, señorita Davenport? –le preguntó un periodista mientras le acercaba un micrófono al rostro.

–Tengo la intención de crear mi propia línea de moda.

–¿Y su relación con el señor Huntington?

Mariel miró a Dane a los ojos y sonrió. Permitió que él la estrechara un poco más contra su cuerpo.

–Solo somos amigos…

Dejó que la prensa sacara sus propias conclusiones. Entonces, se dirigieron a la escalera de mármol que conducía al salón de baile. Las arañas de cristal hacían relucir la estancia, junto con las velas encendidas y el reflejo de las imponentes joyas. Una orquesta tocaba música clásica.

Su mesa estaba cerca del escenario y la ocupaban las personalidades más relevantes de la fiesta. A Mariel no le apetecía tener conversaciones profundas aquella noche y, para su alivio, comprobó que quien estaba sentada a su lado era Cass, la esposa de Justin. Iba muy elegante con un sencillo vestido negro con escote *halter*.

–He visto tu fotografía en las revistas, pero me resulta muy emocionante conocerte por fin en persona –dijo Cass cuando Dane las presentó–. Y ese es el vestido más maravilloso que he visto nunca. Ojalá pudiera meterme en algo así –añadió con tristeza.

–Gracias –replicó Mariel.

Fue incapaz de resistirse a mirar a Dane, que estaba detrás de ella charlando con Justin. Él se inclinó sobre ella y le deslizó suavemente los dedos por la nuca.

–Creo que el desafío será quitarlo –murmuró.

–Lo he oído, Dane Huntington –dijo Cass.

–Claro que lo será –replicó ella siguiéndole el juego. Entonces, se volvió a Cass con una sonrisa–. Entonces, Justin y tú os habéis casado hace muy poco, ¿verdad?

Tal y como Mariel había previsto, Dane se apartó de ellas al escuchar la mención de una boda.

La comida empezó a llegar. Dane estaba muy ocupado entre plato y plato, presentándole a Mariel a los invitados que había en el resto de las mesas. Mientras la escoltaba, estableció un cierto contacto físico con ella. Un roce de los nudillos en la mejilla, una caricia, una mirada cómplice, una palabra en voz baja…

Mariel no podría haber dicho en qué momento el contacto se hizo más íntimo, las miradas más apasionadas, las caricias más intencionadas. Más tarde, cuando Dane se excusó para ir a hablar de negocios, cada vez que ella levantaba la mirada, Dane le devolvía la mirada. ¿Cuánto tiempo se podía seguir jugando a un juego cuyas reglas estaban a punto de cambiar?

Al término de la cena, Dane realizó un inspirador discurso sobre las desventajas sociales, económicas y tecnológicas a las que se enfrentaban las personas en las zonas más remotas del país y sobre cómo OzRemote estaba ayudando a aliviar esos problemas.

Mariel no podía apartar los ojos de él, al igual que el resto de las mujeres presentes. Era, con mucho, el hombre más carismático que había en la sala. Hablaba con conocimiento, con pasión, con elocuencia. Entendía perfectamente por qué se quería sacudir el título de soltero del año. Su reputación en los negocios no se lo merecía. Solo había participado en el concurso para ayudar a reunir fondos para su organización benéfica.

–¿Cuánto tiempo hace que conoces a Dane? –le preguntó a Cass.

–Cinco años. Lo conocí más o menos al mismo tiempo que conocí a Justin. Estaban tratando de conseguir que su negocio despegara.

Cass se detuvo y tomó asiento en un sofá. Mariel se sentó a su lado.

–Jamás lo he visto mirar a ninguna de las demás mujeres con las que ha salido como te mira a ti –añadió.

Mariel no se podía permitir creer algo así.

—Eso es porque hace años que nos conocemos. No soy el tipo de mujeres con las que suele salir.

—No. No eres rubia, para empezar. Y parece que no te puede dejar sola ni un momento. Esta es la primera vez que lo he visto ir algo en serio con una mujer desde Sandy.

Mariel sintió una inmediata curiosidad.

—¿Quién es Sandy?

—Yo no te he dicho nada —susurró Cass—. Sandy era una mujer con la que Dane estuvo saliendo hace un par de años. Todos pensamos que la cosa podría ir en serio, pero entonces, según lo cuenta Justin, Sandy trató de acelerar las cosas quedándose embarazada.

—¿Dane tiene un hijo?

—No. Resultó que ella no estaba embarazada. Tan solo quería cazar un marido rico. Sin embargo, Dane no era el feliz futuro papá que ella esperaba. Cambió la historia rápidamente, pero ya era demasiado tarde.

—En ese caso, ella no lo conocía.

Mariel sí. Las experiencias de su infancia le impedían correr el riesgo de formar una familia propia, lo que resultaba increíblemente triste.

Las dos mujeres se levantaron y regresaron a la mesa. La orquesta empezó a tocar una animada canción de los años 90. Dane se acercó a ella y le dijo:

—Mi padre está aquí. Se va a marchar dentro de un momento, por lo que iremos a saludarle juntos. Por guardar las apariencias.

–¡Ah, Dane! ¿Te está apoyando aquí esta noche? Eso es fantástico –exclamó ella. Lo miró, pero no vio expresión alguna en su rostro.

Al menos su padre había hecho un esfuerzo.

–Señor Huntington –dijo mientras se acercaba a él y le daba un beso en la mejilla–. Me alegra volver a verlo.

–Mariel… Por el amor de Dios, llámame Daniel –replicó él con una sonrisa–. Hace mucho que no te veía. Esta es Barbara –añadió para presentar a la mujer que lo acompañaba.

–Encantada, Barbara –le saludó Mariel. La mujer tenía un aspecto de Barbie cuarentona.

Barbara frunció los siliconados labios.

–Lo mismo digo –comentó. Entonces, giró la cabeza para saludar a su hijastro–. Hola, Dane.

–Barbara…

–¡Oh! Esta es una de mis canciones favoritas y esta noche Daniel no tiene muchas ganas de bailar. ¿Te importaría, Dane? –le preguntó a él al tiempo que hacía aletear las pestañas postizas.

Dane se podría haber negado, pero tenía unas cuantas cosas que decirle a la amante de su padre. Se volvió a Mariel y le dio un suave beso en la mejilla.

–Perdóname. No tardaré mucho.

–No importa. Así haré compañía a tu padre.

–Me alegro de haberme quedado a solas contigo –dijo Barbara en el momento en el que se hubieron alejado de Daniel padre y de Mariel–. Quería explicarte lo de esa noche. El hombre con el que me viste era mi asesor financiero.

–Sí, claro –repuso él con una carcajada–. ¿Desde cuándo los consejos de finanzas se alargan tanto como para llegar a una cena a la luz de las velas? Una cena muy íntima, por lo que yo pude ver… Me alegro de que tengas un asesor, Barbara, porque lo vas a necesitar –dijo Dane en voz muy baja–. Has desperdiciado ocho años de tu vida esperando que mi padre se largue de este mundo, porque no te va a dejar ni un centavo. No vas a poner tus sucias y avariciosas manos en la fortuna de los Huntington.

Barbara abrió los ojos de par en par y trató de apartarse de él, pero Dane la sujetó con fuerza.

–¿No te ha dicho que perdió todo lo que poseía en la crisis de mercado bursátil? Yo le compré a él la casa familiar para sacarle de la ruina económica. La casa en la que estás viviendo es mía. De hecho, la cena que acabas de disfrutar te la he pagado yo.

–Estás mintiendo… –susurró ella, pálida.

–Pregúntaselo –observó él. Ver cómo Barbara palidecía fue uno de los momentos más satisfactorios de su vida. Volvió a escoltarla a la mesa–. Gracias por el baile y por la oportunidad de charlar, Barbara –añadió. Entonces, centró su atención en la que era su pareja para aquella velada–. ¿Me concedes este baile?

Sin esperar que ella respondiera, Dane tomó la mano de Mariel y la condujo a la pista de baile. Dane se detuvo en medio de la pista y la estrechó con fuerza entre sus brazos.

La música palpitaba a la vez que el corazón de

Dane. Le deslizó las manos a Mariel por la espalda desnuda, absorbiendo la sedosa suavidad de su piel. Olía maravillosamente a flores frescas. Acercó la nariz a su oreja para inhalar más ávidamente.

–Dane…

Ella había susurrado su nombre como un suspiro, casi imperceptible por encima del sonido de la música. ¿Pronunciaría su nombre con la misma sensualidad cuando hiciera el amor?

Lo descubriría aquella misma noche.

Sin poder resistirse, giró la cabeza para saborearle suavemente la piel. Trazó la delicada curva de la espalda hasta donde esta empezaba de nuevo a arquearse contra su mano.

–Tenías razón. Este vestido ha sido una excelente elección…

–Ya me lo había parecido –murmuró ella.

La música fue bajando de volumen, o al menos eso fue lo que le pareció a él, porque dejó de oírla. La estrechó con fuerza contra su cuerpo para que no hubiera ni un solo centímetro de separación entre ellos. El cuerpo de Dane se tensó, el pulso le comenzó a palpitar. Quería permanecer así, abrazado a Mariel, hasta que la sala quedara vacía y los dos estuvieran solos.

Sin embargo, él era el anfitrión. Si no se apartaba de ella en aquel instante, los avergonzaría a ambos.

Dio un paso atrás y la miró. Mariel tenía los ojos muy oscuros y unos labios gruesos que suplicaban ser besados.

—Creo que eso les ha convencido —musitó—. Me ha convencido a mí…

—A mí también —admitió ella.

Regresaron a su mesa y, para poder recuperar la compostura, se excusó y se dirigió al aseo de caballeros. Al regresar, vio a su padre sentado solo en un sofá en el exterior de la sala de baile.

Al ver que Dane se acercaba, el anciano se levantó lentamente. Parecía mucho mayor que cuando Dane lo vio en el despacho del abogado hacía ya unos meses, cuando compró la casa familiar para que su padre pudiera seguir viviendo allí.

—¿Podemos hablar? —le preguntó su padre.

—¿De qué se trata?

—Solo quería decirte que has hecho algo magnífico aquí esta noche. Gracias por invitarnos a Barb y a mí.

—De nada… ¿Querías algo más? —añadió al ver que su padre guardaba silencio.

—Sí. Debería habértelo dicho hace mucho tiempo. No me quedan muchos años y he examinado bien mi vida últimamente. Habría sido más fácil declinar tu invitación, hijo. Tal vez podríamos dejar que el pasado fuera pasado y mirar hacia delante, ¿no crees?

Hijo. Era la primera vez que su padre lo reconocía como tal. Todos los años que había deseado que su padre le diera una migaja de afecto… Dane jamás había querido privilegios ni estatus social. Lo habría dado todo por su familia.

—¿Por qué ahora, papá? ¿Porque te he salvado

el pellejo y porque, al final, sabes que soy el único al que le importa? Los dos sabemos que Barbara no va a quedarse mucho tiempo. Le he hablado de la venta, papá. Era hora de que lo supiera.

Su padre no respondió. Se limitó a observarlo con ojos muy cansados.

A pesar de todo lo ocurrido, Dane ansiaba que hubiera un vínculo entre ellos. Sin embargo, bloqueó sus sentimientos y dijo:

—Jamás le dimos mucha importancia a la familia. Te pones más sentimental ahora a la vejez… Barbara te está esperando —añadió mientras señalaba a la mujer que esperaba a los pies de la escalera de mármol.

Su padre buscó un pañuelo en el bolsillo y se secó los ojos.

—En ese caso, me marcharé. Buenas noches.

Se dio la vuelta y comenzó a andar hacia Barbara. Entonces, dolido por su propia crueldad, Dane lo alcanzó de nuevo. Le tocó un hombro a su padre y se sorprendió al sentir su fragilidad.

—Si necesitas algo…

Su padre asintió sin mirarlo.

—Lo sé.

Dane observó cómo se dirigía hacia las escaleras. Entonces, el niño pequeño que habitaba dentro de él se echó a llorar.

Dane jamás había tenido tantas ganas de que terminara una velada. Aparentemente, se mostraba profesional, pero se moría de ganas por llevarse a Mariel a la suite a solas.

Por fin, los últimos invitados se dispusieron a marcharse. Dane le apretó con fuerza la mano y la miró. Ella le devolvió la mirada. El deseo le ardía en los ojos y le suavizaba la boca. Respiró profundamente, lo que hizo que él centrara su atención en el profundo escote. Sin embargo, no solo era su cuerpo y las delicias que lo esperaban lo que le atraía de ella. Era Mariel en su conjunto.

La tensión de toda la velada los había conducido a aquel momento, cuando las manos entrelazadas de ambos le rozaron a él accidentalmente el pantalón. El beso, cuando se inclinó hacia ella, fue contenido y casto. Indicó la puerta con las manos aún entrelazadas.

—¿Nos vamos?

—Buena idea.

Sin soltarse, llegaron hasta la puerta de la suite. Él metió la tarjeta y abrió la puerta. Las luces de la ciudad se filtraban por las ventanas, iluminando la estancia. Incluso antes de que la puerta se cerrara, los labios de Dane comenzaron a darse un festín con los de ella. La inmovilizó contra la pared. No sabía dónde poner las manos, por lo que lo hizo sobre los hombros. Casi no levantó los labios para musitar:

—Esta noche no puedo ser delicado…

—Jamás dije que quería que lo fueras…

Mariel no se oponía. Aquello era todo lo que necesitaba saber.

Aquella noche, ella le pertenecía. Volvió a darse un festín con la dulce miel de sus labios. Entonces, completamente enloquecido, abandonó la boca para saborear cada centímetro de la piel que ella llevaba al descubierto. Por fin, se contentó con lamer el delicado punto entre el hombro y el cuello.

Ella le agarró la camisa y comenzó a desabrocharle los botones. Se la sacó de los pantalones y abrió la tela para poder acariciarle el torso. El calor que emitían las palmas de las manos lo abrasaba y lo seducía. Su impaciencia resultaba excitante y embriagadora.

Apresuradas respiraciones, desesperados gemidos, roce de piel contra piel. La urgencia de aquellos sonidos detonó pequeñas explosiones dentro de él que reverberaron como la pólvora por todo su cuerpo. Lo que había empezado como un engaño para la prensa se había convertido en otra cosa muy distinta.

¿O acaso habrían sabido ya de antemano que así sería como terminarían?

La impaciencia nacida de deseos negados durante mucho tiempo hizo que sus manos fueran torpes cuando le apartó el vestido de los hombros, dejando por fin los senos al descubierto: pálidos, cremosos, de oscuros y erectos pezones.

Dane de repente se volvió avaricioso y quiso mucho más. Lo quería todo. La miró a los ojos.

—¿Cómo se quita este vestido?

—Aquí —respondió ella mientras le guiaba las manos a la cremallera—. Está muy apretado.

74

Dane tardó un segundo en bajarle la cremallera. Ella le ayudó a bajárselo por las caderas. La ropa interior, si es que llevaba, salió junto con el vestido. Mariel se quedó solamente con los zapatos de tacón de aguja.

Ella extendió las manos y le desabrochó el cinturón. Después, le abrió la bragueta. En cuestión de segundos, se quedó tan desnudo como ella. Dane se quitó los zapatos. El pulso le latía con tanta fuerza que le parecía que iba a tener un ataque al corazón. ¿Era posible morir de deseo?

Le enredó los dedos en el cabello y le quitó las horquillas para dejarlas caer al suelo. Mariel comenzó a enredarse en él como si fuera hiedra, girando las caderas contra su palpitante erección.

Dane jamás había deseado a una mujer de aquel modo. Jamás había ardido de aquella manera. El mañana podría preocuparle, pero, en aquel momento, lo único que tenía en mente era el placer mutuo. Todas las mujeres de las que había disfrutado hasta entonces habían sido tan solo un ensayo para aquella representación. Y le parecía que llevaba esperando media vida.

Mariel también había esperado media vida. Daniel Huntington, fantasía adolescente, estaba allí con ella. Frotó sus labios contra los de él y sintió calor, deseo e impaciencia. Ya no podía pensar. Tenía la cabeza demasiado llena de su aroma. Solo podía sentir. Sensaciones maravillosas que se le extendían por la piel y se descargaban en su cuerpo como si fueran un delicioso rayo.

–Ahora –susurró. Arqueó las caderas contra él. Instintivamente, bajó las manos entre ellos.

–¿Tomas algún anticonceptivo?

–La píldora.

Dane la levantó y ella le rodeó la cintura con las piernas. No hubo preliminares. Mariel no los quería en aquella ocasión. Ni los necesitaba.

Sin dejar de mirarla, se hundió en ella con una potente embestida. Los dos se miraron fijamente durante lo que pareció un momento interminable. Entonces, él se retiró un poco, pero solo para volver a empujar, aquella vez con más fuerza. Otra vez. Establecieron el ritmo al que los dos sabían moverse. Dane la poseyó y ella lo recibió con hambre y avaricia.

El clímax la transportó a los reinos del más oscuro placer. Se aferró a él mientras él llegaba también a lo más alto y se unía a ella en la delicia total del gozo compartido.

Capítulo Cinco

Dane se despertó porque alguien estaba llamando a la puerta. Agarró uno de los albornoces del hotel y se dirigió a abrir.

Se trataba del servicio de habitaciones con el desayuno que habían pedido.

–Buenos días, señor –le dijo la camarera con una sonrisa mientras Dane se apartaba para que pudiera pasar.

–Buenos días –respondió él mesándose el cabello–. ¿Ya son las nueve?

Había dormido como un tronco. No recordaba cuánto tiempo hacía que no dormía así. Al final, se habían metido juntos en la cama.

–Sí, señor. En realidad, son las nueve y cinco. Esta mañana vamos un poco retrasados.

Dane encontró su cartera y se sacó la propina mientras ella colocaba la bandeja sobre la mesa del comedor.

–Gracias.

–De nada, señor. Que tenga un buen día.

–Igualmente.

Dane tomó la bandeja y la llevó al dormitorio. Mariel estaba parpadeando ante los dorados rayos del sol que entraban por la ventana. Se incorporó en la cama y se cubrió modestamente los senos con la sábana.

—Buenos días —dijo él—. Espero que tengas hambre.

Mariel tenía el cabello revuelto alrededor del rostro. Un suave rubor le cubría las mejillas, rubor por el que él se sentía responsable. Sin embargo, sentía que algo, una sensación extraña, se entrelazaba con la satisfacción. No recordaba la última vez que se había sentido así con una mujer. Incómodo. Torpe con las palabras.

Decidido a erradicar aquel sentimiento, se subió a la cama y colocó la bandeja entre ambos. Sirvió dos cafés y le entregó uno a ella. Jamás había sentido la necesidad de una charla matutina con una mujer a la mañana después. O dejaba la cama de su amante antes del alba o le pedía un taxi en cuanto ella se levantaba.

—Hemos dormido en la misma cama —dijo ella—. Toda la noche… —añadió. No parecía contenta al respecto.

—No quedaba mucha noche y, dado que solo hay una cama… Me figuré que no te importaría compartirla.

—Una suite con un dormitorio… ¿Lo planeaste tú?

—Sí. Te dije que la prensa quería detalles —respondió mientras levantaba la tapa del plato que contenía los huevos con beicon—. Se los hemos dado. Ese era el plan que acordamos. Tanto si yo duermo aquí como en el sofá, la prensa pensará lo que queramos que piensen.

–Está bien –dijo ella tras tomar un sorbo de café.

Dane se sentía incómodo por la tensión que había surgido entre ellos. No comprendía lo que estaba pasando. La noche anterior ella había sido fuego entre sus manos. Esperaba que no estuviera pensando que aquello era mucho más de lo que era. Le había dejado claro que, después deLuc, no iba a implicarse nunca más emocionalmente con nadie.

–¿Por qué no me dices cuál es el problema?

–No hay problema…

–Solíamos ser sinceros el uno con el otro…

–No completamente.

–Está bien. Seguramente jamás me perdonarás por ello, pero te juro que no te mentí deliberadamente. Si no podemos enfrentarnos a los asuntos que surgen en nuestra nueva relación, entonces sí qué tendremos un problema.

Mariel permaneció en silencio un instante.

–Esto va a parecer una tontería, pero me desperté y tú estabas tumbado a mi lado, desnudo, y no sé cómo enfrentarme a eso… a nosotros.

–Ya somos dos.

–¿De verdad?

–Sí. De verdad. Y no parezcas tan sorprendida –le dijo mientras le colocaba un dedo bajo la barbilla–. Creo que ahora lo mejor es que terminemos el desayuno, nos demos una ducha y nos marchemos a casa. Tal vez los dos necesitamos un poco de espacio.

–Buena idea –dijo ella tras dar un bocado a su tostada–. Creo que iré ahora mismo a darme esa ducha.

–Un momento… No has probado los huevos. Siempre te encantó esta clase de desayuno, si no recuerdo mal.

Ella pareció relajarse un poco y esbozar una sonrisa.

–Y recuerdo que tú tenías un apetito lo suficientemente grande para los dos.

–Y sigo teniéndolo… –susurró él colocando la mano en la sábana.

En su mirada había algo oscuro, casi primitivo. Mariel se preguntó si seguía hablando de comida. El corazón se le aceleró.

–Bueno –dijo. Agarró la sábana y se deslizó hacia el borde de la cama–. Está bien…

–Creo que me iré al balcón a terminar esto –afirmó él. Levantó la bandeja sin mirarla. Debía darle intimidad. Permitirle que mantuviera su dignidad–. Desde ahí hay una bonita vista del río.

Antes de que él cambiara de opinión, Mariel salió corriendo desnuda hacia el armario. Agarró ropa limpia y se dirigió inmediatamente al cuarto de baño. Cerró la puerta y suspiró aliviada.

Menos mal que era una mujer mundana…

Inmediatamente se enfrentó a su propio reflejo en el espejo y casi no se reconoció. Dio un paso al frente y se miró los ojos, manchados aún con el rímel que había llevado la noche anterior. El resto del maquillaje se había borrado hacía horas.

Se dio la vuelta y abrió el grifo de la ducha. ¿Por qué no podía mostrarse tan espontánea como la noche anterior?

Aquella mañana, él se había mostrado mucho más interesado por el desayuno que por ella además. No era que esperara palabras bonitas o una declaración de sentimientos. La verdad era que no sabía lo que esperar por parte de un seductor tan experimentado. Aparte de una breve relación con un australiano que conoció durante un fin de semana en Londres, solo se había acostado con Luc.

El estilo de vida de Dane estaba a años luz de cualquiera cosa que ella hubiera experimentado. Podría tener una glamurosa carrera, pero estaba fuera de su terreno.

Se metió en la ducha para ver si el agua lograba tranquilizarla. Si se sentía confusa, vacía e... insatisfecha, ese era su problema, no el de él. No sabía lo que él esperaba de ella aquel día ni aquella noche. Ni al día siguiente ni la semana después. Fuera lo que fuera lo que sentía por ella, había cambiado en las últimas horas.

Solo sabía lo que Dane le había hecho sentir cuando estaba dentro de ella. Nunca antes había sentido algo parecido. Se había sentido fuerte, frágil... Y no era suficiente.

El deseo, aunque fuera abrumador, no se podía comparar nunca con el amor. Y lo que Dane sentía por ella era deseo.

Pero el amor... el amor podía dejar por idiotas a la mayoría de las personas racionales. Podía tentar a uno a deshacerse de sus creencias, de sus planes, de sus sueños...

Ella debería saberlo muy bien.

Salió de la ducha con resolución. El amor jamás volvería a dejarla en evidencia. A partir de aquel momento, se dejaría llevar por la lógica y la razón.

Desde el comienzo, aquel acuerdo había reconocido tácitamente que terminarían convirtiéndose en amantes. Había sido inevitable. Igual que sería inevitable que los dos terminaran yéndose cada uno por su lado.

Regresaron a casa juntos. Después, Mariel se pasó las dos horas siguientes en su nuevo local.

El pequeño local necesitaría una renovación muy amplia si tenía la intención de convertirlo en tienda. Por el momento, se concentró en colocar los escasos muebles que Dane le había proporcionado, en organizar el muestrario que se había llevado desde París y en colocar su caballete para dibujar. Creó un listado de proveedores y modistos con los que ponerse en contacto la semana siguiente.

A media mañana no pudo seguir concentrándose y dejó de intentar trabajar en un nuevo diseño. Se dirigió de nuevo a casa. Quería hablarle a Dane sobre algunas fotos de su trabajo para publicidad y marketing. Ya era hora de que ella le informara de su trabajo.

Lo encontró en la piscina, tumbado en un colchón hinchable. Llevaba un bañador negro y parecía estar dormido tras las gafas de sol.

Mariel lo había visto desnudo la noche anterior en un momento frenético. Respiró profundamente. Él debió de oír algo porque, inmediatamente, miró en su dirección.

–Hola… –dijo desde la piscina.

Dane dejó las gafas en el borde de la piscina y se zambulló en el agua. Volvió a salir junto al borde opuesto y salió del agua sin esfuerzo.

El agua le caía del cuerpo prácticamente desnudo. Unas gotitas se quedaron prendidas del vello del pecho. Mariel respiró de nuevo muy profundamente y vio que tenía en el rostro una pícara sonrisa. Ella reconoció inmediatamente aquel gesto. Lo había visto en muchas ocasiones. Le sorprendía que él pusiera pasar de ser amante a amigo con tanta facilidad.

–No –dijo dando un paso atrás.

–No seas ridícula. No somos niños…

Dane la agarró por la cintura y frotó su cuerpo húmedo contra el de ella. Entonces, comenzó a sacudir la cabeza, lanzando agua por todas partes.

Mariel gritó y se zafó de él.

–¡No es justo! –exclamó mirándose la pechera de la blusa, que tenía completamente empapada. Luego, muy a su pesar, sonrió. Dane le había hecho olvidar la incomodidad de aquella mañana. La había calmado y tranquilizado. Para su sorpresa, se encontró jugando a su juego–. Tonto… Mírame…

–Te estoy mirando –afirmó él. La expresión de sus ojos se llenó de deseo, pero se limitó a tomar una toalla para secarse.

Para desviar la atención de la blusa mojada y para darse un momento para tranquilizarse, Mariel le arrancó la toalla de las manos y la usó para secarse los pantalones. Entonces, sacó un pañuelo de papel del bolsillo y se secó el rostro y el cuello.

–Solo por eso, espero que me sirvas una copa –dijo mientras se sentaba en la hamaca más cercana, bajo una enorme sombrilla verde.

Un instante después, él le sirvió limonada en un vaso lleno de hielo y se la entregó.

–¿Cómo te ha ido?

–Bien. Gracias.

Dane bajó la cabeza y tocó los labios de Mariel ligeramente con los suyos.

–Deberías haberme permitido que fuera a ayudarte.

–Ya me has ayudado dejándome el local. Y no quería distracciones –murmuró contra la boca de Dane.

Dane comenzó a acariciarle suavemente la mejilla. Sintió la tentación de dejar que los dedos bajaran un poco más para desabrocharle la blusa, bajarle la cremallera de los pantalones y hacerle el amor allí mismo, bajo la luz del sol. Sin embargo, le dio un beso en la punta de la nariz y se incorporó.

Fue a recoger sus gafas y se las puso. Entonces, fue a sentarse en la otra hamaca para disfrutar del sol mientras observaba cómo Mariel se volvía a recoger el cabello en lo alto de la cabeza. Aquel movimiento le pegó la blusa a los senos. Dane cerró los ojos e hizo un esfuerzo por relajarse.

–Dane...

–¿Hmm? –preguntó él. Abrió los ojos y vio una cámara muy cerca de su rostro.

–Sonríe y pon un aspecto sexy.

–¿Qué te ha dado a ti ahora con la fotografía?

–Ayuda en mi trabajo –respondió ella. Entonces, se acercó un poco más y le quitó las gafas–. Está bien. Ahora pon aspecto malhumorado. Así añades atractivo. Las mujeres adoran ese aspecto. Tienes potencial para ser modelo si pulieras un poco ciertas cosas.

–Da la casualidad de que esas cosas me gustan. Aunque, pensándolo bien... eso depende de quién se encargara de pulirlas.

–Yo, claro. Tal vez una limpieza de cutis... –dijo mientras se inclinaba sobre él y le acariciaba el rostro con los dedos.

–¿Una limpieza de cutis? Ni en un millón de años –protestó. Sin embargo, se sentía tan bien con lo que Mariel estaba haciendo que dejó que ella siguiera.

Mariel le apartó el cabello del rostro.

–Ciertamente un buen corte de pelo –afirmó. Entonces, volvió a colocarse la cámara en el rostro.

–Hay algo de lo que no me entero... –musitó él mientras ella tomaba unas cuantas fotografías más.

–Está bien. Te contaré un pequeño secreto –dijo ella mientras miraba las imágenes que había tomado–. Quiero realizar algunas fotos publicitarias para mi trabajo y me gustaría utilizarte a ti.

–¿A mí? –preguntó él con incredulidad. Inmediatamente, se sentó sobre la hamaca–. ¿Yo en un catálogo de moda, posando como si fuera el accesorio de una mujer? Eso será cuando las ranas críen pelo.

–Nada de mujeres. Solo tu.

–Solo yo… ¿Qué es lo que estás tramando?

–Una de las razones por las que quería trabajar sola hoy es porque no quería que tú vieras mis diseños hasta que yo te lo dijera. Antes de convertirme en modelo, pasé a diseñar ropa para hombre.

–¿Ropa para hombre? ¿Y por qué una mujer como tú quiere diseñar ropa para hombre?

–¿Qué quieres decir con eso de una mujer como yo? –replicó Mariel. Dejó la cámara y se sentó para poder mirarlo directamente a los ojos–. Da la casualidad de que se me da muy bien y me encanta el desafío. La precisión. El detalle. La perfección. Textura y estilo. Te estoy imaginando con un jersey de cuello de pico de cachemir gris acero. Algo que haga destacar tus hombros… ¿Lo harás?

–¿Ser tu modelo? Nunca –concluyó. Volvió a tumbarse en la hamaca para digerir aquella información.

–¿Estás seguro de que no cambiarás de opinión, señor soltero del año? –preguntó riendo.

Dane se colocó una mano sobre los ojos porque no quería ver la sonrisa que ella tenía en los labios.

–Me estoy cansando ya de ese título.

–¿Por qué? La mayoría de los hombres estarían encantados.

–Yo no soy la mayoría de los hombres. Prefiero salir con mujeres que tengan algo más de medio cerebro en la cabeza.

–Creo que estás generalizando mucho. No todas las mujeres que leen esa revista son rubias de poca inteligencia. De eso estoy segura.

–Eso es que no lees la revista. Además, por ahora las rubias están aparcadas

El ambiente cambió. La sexualidad comenzó a vibrar entre ellos.

–Está bien… –musitó él. Decidió ceder porque sabía que Mariel no iba a hacerlo–. ¿Qué es lo que quieres que haga?

–Tomaremos aquí las fotos formales y luego iremos a Victor Harbor para hacer las más relajadas. Tranquilo. Será divertido.

¿Divertido? A Dane se le ocurrían muchas maneras mejores de divertirse con Mariel aquella tarde.

–Quiero tu opinión sincera.

Mariel seleccionó un jersey oscuro con un profundo escote en pico del montón de prendas que tenía esparcidas por el salón de Dane y se lo mostró.

Él se mesó el cabello. Se sentía completamente fuera de lugar.

–¿Bonito?

Ella lo miró con incredulidad.

–¡Por supuesto que lo es! Está hecho de cachemir de la mejor calidad. Tócalo –le ordenó. Se lo acercó al rostro y le acarició a Dane la mejilla con él–. Ligero pero muy cálido.

–Y quieres que me lo ponga aunque hace más de treinta y cinco grados.

–Y sin una queja.

Dane miró los demás montones de ropa.

–¿Y qué más tienes preparado?

–Relájate. Todas las prendas que hay aquí son informales. Excepto una –confesó. Se acercó a una funda de traje y la abrió para mostrarle un esmoquin clásico.

–Siempre tiene que haber una –murmuró él mirándola con malicia.

–Espera a que veas la camisa –dijo ella. Abrió otra bolsa y la sacó.

–Acabemos con todo esto.

Instantes más tarde, él estaba mirando su reflejo en un espejo. Se estudió durante varios segundos. Parecía una camisa de vestir normal y corriente, pero…

–La parte delantera es transparente.

–La pechera es transparente –le corrigió ella–. Es transparente, pero no demasiado. Solo lo suficiente para mostrar toda esa maravillosa piel que hay debajo –añadió. Su mirada acarició el torso de Dane–. Nos sentaremos en el jardín.

–Si me miras de ese modo mucho más tiempo, las fotos no van a servir de nada.

Mariel sonrió.

–Tal vez entonces me guarde las fotos para mí sola como recuerdo.

Dane le devolvió la sonrisa y le atrapó las manos con las suyas.

–¿Y por qué guardar un recuerdo cuando puedes tener lo de verdad?

En cuanto pronunció las palabras, Dane se dio cuenta del porqué. Mariel iba un paso adelante. Estaba anticipando el día en que se separaran. Dane sintió que ella lo estaba desgarrando por dentro. La permanencia no formaba parte del trato. A Dane le gustaba su vida tal y como era. Como volvería a serlo.

Dio un paso atrás y la soltó. Entonces, comenzó a acariciarle los brazos.

–Dane… ¿Podemos evitar los dramas hoy? Para mí es muy importante que esta parte de mi negocio salga bien.

–Claro –afirmó él apartando todos los sentimientos enfrentados–. Hagamos esas fotos de una vez para que yo me pueda quitar este instrumento de tortura.

Media hora más tarde, ya con su propios vaqueros y su propia camiseta, Dane se dirigía con Mariel hacia el sur a lo largo de la costa.

–¿Has leído el artículo que había en el periódico de esta mañana?

–No he tenido tiempo –respondió ella. Agarró

el periódico que tenía a sus pies y lo hojeó hasta que encontró las páginas de sociedad y la foto de los dos descendiendo por la escalera que llevaba al salón de baile.

–¿Y bien? –preguntó él al notar que ella guardaba silencio.

–«La última pareja famosa del Año Nuevo» –dijo ella leyendo en voz alta–. «¿Cuánto tiempo pasará hasta que nuestro soltero del año deje de serlo?». Bueno, parece que da la impresión que queríamos.

Mariel siguió leyendo en silencio unos segundos más.

–Mucha publicidad para OzRemote. Dice que tú te marchas al norte dentro de una semana –concluyó. Dobló el periódico y volvió a dejarlo a sus pies.

–He tenido que jugar un poco con mi agenda de trabajo. Justin se quedará al mando. Vente conmigo…

Dane no se había dado cuenta de que había dicho esas palabras hasta que sintió que ella lo miraba.

–No –respondió ella–. Este es tu gran momento. Nuestra relación no debería ensombrecer el gran trabajo que tú estás haciendo. Además, yo también me tengo que centrar en mi trabajo.

Dane extendió una mano y tocó la de ella.

–Lo de anoche también va en tu favor. Tendrás mucho éxito.

–Hablando de anoche… Háblame de Barbara.

–¿De Barbara? Es puro veneno.

–Pareció estabais teniendo una conversación muy intensa en la pista de baile.

–Le dije lo que debería haberle dicho hace ya muchos años. Y no se lo tomó bien.

–¿Y eso fue…?

–Que es una zorra manipuladora y mentirosa.

–Unas palabras un poco fuertes. ¿Y eso?

–Vi a Barbara en un restaurante con un hombre mucho más joven, a pesar de que se supone que le tiene devoción a mi padre.

–¿Y por qué no le advertiste?

–Lo intenté, pero él me acusó de interferir en su vida y me dijo que me mantuviera al margen. No he vuelto a pisar la casa desde entonces.

–Mientras estabais bailando, él estuvo hablando de ti. Y luego os vi a los dos más tarde en el vestíbulo. Hay arrepentimiento, Dane. Y mucho más.

–Bueno, me dijo que deberíamos dejar el pasado atrás –dijo él con un nudo en la garganta.

–Familia, Dane –comentó ella tocándole ligeramente el hombro–. ¿Crees que podrías tenderle la mano?

Dane tragó saliva.

–¿Crees que Adelaida va a sufrir un terremoto esta misma tarde?

A última hora de la tarde, Mariel estaba sentada frente al ordenador de Dane vestida con una de las enormes camisetas de él. Estaba cargando las fotografías que había tomado aquel día. Mientras iba pasando las imágenes, no pudo evitar la anticipación que sintió ante lo que la noche podría darle.

Debía centrarse en el presente. Ir día a día. Le parecía que aquel día les había ido bien. Dane se había mostrado atento y considerado. Dulce, en realidad. Su interacción había carecido por completo de complicaciones. Tal y como ella le había pedido.

Sin embargo, la sensual promesa que había visto en sus ojos había bastado para tenerle la sangre a punto de ebullición todo el día.

Ese punto de ebullición subió unos grados más cuando Dane entró en el despacho con un bol en la mano. Ella fijó la mirada en la pantalla y se obligó a centrarse. Le sorprendía lo bien que había salido todo.

–¿Puedo tentarte con un poco de helado?

–Dentro de un minuto…

El punto de ebullición dejó paso al hervor total de la sangre. No recordaba haber ansiado nunca el contacto físico con un hombre de una manera tan intensa.

–Esta –dijo mientras pinchaba una de las imágenes de Luc.

Era una fotografía de él con un polo gris en la que aparecía con un pie sobre una roca. El color turquesa del océano constituía un fondo espectacular.

–No está mal.

–¿Que no está mal? Es magnífica. Bueno… –dijo.

Guardó la foto en una carpeta que había creado y pinchó la siguiente–. ¿Qué decías de tentarme? Espera… –añadió. Se inclinó hacia delante, hipnotizada por su propio talento–. Esta… Sí…

En la fotografía, Dane tenía los brazos cruzados y se apoyaba contra las piedras. Llevaba puesto un jersey de cuello de pico oscuro con unos vaqueros y estaba mirando al mar.

–Pones esa mirada misteriosa como un modelo profesional. ¿Te importaría que te pusiera en mi sitio web? Cuando lo tenga, por supuesto.

–Ya hablaremos de eso. Más tarde.

–Sea como sea, esa foto es una de las elegidas –dijo guardándola también. Entonces, lanzó un grito cuando sintió una lengua fría y pegajosa en el cuello.

–Helado –susurró él. Le colocó una cucharada llena frente a los labios.

–¿Es de caramelo?

–Claro…

Mariel se metió la cuchara en la boda y dejó que el cremoso y frío sabor le rodeara la lengua. Cuando hubo saboreado hasta la última gota y hubo terminado de lamerse los labios, dijo:

–Pensé que habías dicho algo de tentación…

–No. Había dicho algo de helado –susurró él. Volvió a lamerle el cuello–. ¿No te parece tentación suficiente?

Mariel cerró los ojos y arqueó el cuello para pedir más. Entonces, lanzó un gemido cuando una lengua fría y húmeda le recorrió la clavícula.

–Podría ser. En realidad depende de quién me ofrezca el helado y de qué otra cosa me pudiera estar ofreciendo...

Oyó que él dejaba el bol en el escritorio y su cuerpo comenzó a temblar de anticipación. Las manos de Dane se le deslizaron por los hombros y luego por dentro del cuello de la enorme camiseta para ir a buscar los senos. Comenzó a acariciarle los pezones hasta que ella prácticamente comenzó a suplicar. Tenía la cabeza completamente echada hacia atrás.

Escuchó que la camiseta se rasgaba y que el cuello de la misma se hacía pedazos. Con un rápido movimiento, Dane la desgarró por completo y la dejó desnuda, a excepción de las braguitas. Las cálidas manos le masajeaban el vientre. Mariel miró y vio su propio cuerpo. El contraste de aquellas manos firmes y oscuras sobre su pálida piel. Entonces, observó cómo él deslizaba ambas manos por debajo de la cinturilla de la braguita, una visión completamente erótica que estuvo a punto de hacerla alcanzar el clímax.

Los músculos de su vientre se tensaron y separó las piernas. Dios Santo... ¿Cómo había podido rendirse tan rápidamente? Una vocecilla dentro de su cabeza le advirtió que dejar que otro hombre se hiciera dueño de ella de aquel modo era preludio del desastre. Además, como se trataba de Dane, él no solo estaba haciéndose dueño de su cuerpo, sino también de su corazón. El corazón que había jurado que ningún hombre volvería a poseer. Sin embargo, a pesar de sus intenciones no podía moverse. Tan solo seguir inmóvil y permitir que él continuara.

Dane apretó un par de teclas con una mano. El salvapantallas desapareció y se vio reemplazado por una imagen de ella en la pantalla.

–¿Qué es lo que ves? –le preguntó él.

Mariel miró y vio unos ojos desenfocados, la boca abierta… Vio una mujer que había perdido por completo el control.

–No soy yo –susurró, escandalizada. Entonces, vio que el rostro de Dane aparecía junto al de ella–. Esa mujer no soy yo…

Trató de levantarse, pero la mirada de Dane resultaba tan cautivadora como cualquier sujeción física.

–Sí, claro que lo eres…

Entonces, comenzó a separar su deseo líquido con los dedos y se hundió dentro, catapultándola al paraíso. Su rostro se frotaba contra el de ella. Su aliento le acariciaba los senos.

Se retiró lentamente y empezó a estimular el centro de su feminidad antes de hundir de nuevo los dedos en ella. Fuera donde fuera donde la tocara, el placer era indescriptible. Oleadas de pasión que se apoderaban de ella y que reflejaba en la pantalla la cámara del ordenador.

Entonces, no vio nada más que el brillante chispazo de su propio orgasmo cuando este se apoderó de ella.

Los alegres tonos del teléfono móvil de Dane la

devolvieron precipitadamente a la realidad. Se apartó de ella para responder el teléfono.

–Hola, Jus –oyó que él decía, como si hubiera estado trabajando en un problema informático particularmente complicado en vez de haber estado con ella–. No, nada importante.

Dane se echó a reír y la chispa de Mariel se evaporó. ¿Se había estado refiriendo con aquellas tres palabras a lo que ellos habían estado haciendo? Apagó el monitor para no seguir viéndose.

–Supongo que sí… –decía él–. ¿Qué es tan urgente? –preguntó. Entonces, sonrió–. En ese caso, ¿cómo voy a poder negarme?

Mariel se atrevió a mirarlo y vio que él estaba anotando algo en un papel.

–Sí, de momento ella se queda aquí –prosiguió, como si estuviera hablando del tiempo–. No… Estamos hablando de la línea oficial. Sí… –añadió. Entonces, silencio mientras Justin hablaba. Una suave carcajada–. No lo creo.

¿Acaso se lamentaba ya de no estar libre para perseguir a la dama que le apeteciera en aquellos momentos? Mariel sintió que un escalofrío le recorría la espalda. Quería que él la mirara del modo en el que la había estado mirando antes. Que mostrara indicación alguna de que había disfrutado lo que acababan de hacer.

Las piernas le habían recuperado la fuerza suficiente como para sostenerla, por lo que se puso de pie y se acercó a él. Tiró de la silla y la colocó entre su cuerpo y el escritorio. Entonces, le acarició suavemente la mandíbula y vio con satisfacción cómo las pupilas de Dane se dilataban prácticamente al máximo. Perdió el hilo de lo que le estaba diciendo a Justin.

–¿Puedes repetirme eso, Jus?

Por fin Mariel tenía toda su atención. Se sintió poderosa. Sonrió y le dio un empujó en el torso para que se sentara en la silla.

–Yo-yo te enviaré esto por correo electrónico esta misma noche. ¿Cuándo hacemos… cuándo…?

Mariel se colocó medio desnuda delante de él. Se deslizó las manos por las caderas y se quitó la última prenda que le quedaba: las braguitas. Se las arrojó a Dane y fueron a caer sobre el escritorio.

–No… Todo va bien… Muy bien… –tartamudeó él mientras ella empezaba a acariciarle la parte delantera de los pantalones cortos que llevaba puestos.

Sin dejar de mirarle, Mariel le quitó el teléfono de la mano.

–Adiós, Justin.

Entonces, cortó la llamada y se sentó a horcajadas encima de él, completamente satisfecha de lo que había conseguido. Sí. En sus ojos veía desesperación y deseo.

–En estos momentos –susurró ella mientras le bajaba la cremallera. Le agarró el pene con ambas manos–, me apetece algo más que helado…

–Ya me he dado cuenta –murmuró antes de besarla con avaricia y pasión.

Largos y sugerentes lametones sobre una piel febril. Entonces, lo acogió dentro de ella con un gemido de placer que retumbó por las paredes del despacho. Conquista. Triunfo. Victoria. Dane vio fuego en aquellos ojos esmeralda. La besó apasionadamente y la poseyó con caricias incansables y frenéticas. Le dio lo que ella quería y aceptó lo que se ofrecía. Urgencia. Pasión.

No hubo delicadeza alguna. Tan solo una carrera frenética para alcanzar la meta. Cuando todo terminó y ella se desmoronó sobre él, seguía sin ser suficiente. Dane quería más. Quería meterse bajo su piel. Robarle el pensamiento.

Aquel insaciable apetito resultaba muy peligroso. Él disfrutaba del sexo, pero aquella repentina locura era como una adicción que no conocía límites. Amar no estaba en sus genes.

Le acarició el cabello a Mariel y aspiró el aroma de su sexo y de su cálida piel.

–Vaya –susurró ella–. Soy buena. Es decir, soy realmente buena.

–Y yo que pensaba que ese era yo….

La carcajada que se le escapó a Dane de la garganta fue una mezcla de diversión y de afecto. Con Mariel todo era así de sencillo.

Su buen humor no tardó en desvanecerse.

–Tengo que ir al trabajo mañana.

–Pensaba que te habías tomado un tiempo…

–Así era, pero hay un problema con un sistema informático que instalamos hace unas semanas, lo que se traduce en un viaje rápido a Mount Gambier.

–¿Y no puede ir Justin?

–Jus y Cass están muy ocupados tratando de tener un bebé, y es el periodo fértil de Cass. Según Cass, el mejor momento será mañana por la mañana.

–¿Y sabe incluso la hora? –preguntó Mariel con incredulidad–. ¿Hablas en serio?

–Eso es lo que me acaba de decir Jus –contestó él con una sonrisa–. ¿Qué le voy a decir?

–Supongo que nada más que sí –replicó Mariel sonriendo también. De repente, los ojos se le pusieron muy brillantes–. Tener un bebé...

Sin previo aviso, aquella imagen le robó el pensamiento a Dane. Se imaginó a Mariel embarazada. De él. Apretó la mandíbula al experimentar una sensación desconocida en el pecho. Entonces, sacudió la cabeza para librarse de tan turbadores pensamientos.

–En realidad, nos viene bien –dijo ella, como si no se hubiera percatado de su silencio–. Quiero trabajar en algunas ideas y dibujar algunos diseños. Contratar a un modisto... Podría incluso hacer algo de trabajo sin que tú me distraigas.

–¿Yo? ¿Distraerte? ¿Después de lo que acaba de pasar aquí?

–Solo tienes que estar en la misma habitación que yo para distraerme, Dane. Siempre ha sido así. Sin embargo, ahora he descubierto que yo produzco el mismo efecto en ti.

Dane miró el perfecto cuerpo desnudo de Mariel y sintió que el deseo volvía a despertarse. Se enfrentó al pensamiento irracional de que podría haber algo más que deseo entre ellos.

–Supongo que terminaremos cansándonos…

Ella se tensó y un profundo silencio pareció cargar el aire.

–Eso espero yo –dijo ella con voz cortante. Recogió las braguitas del escritorio. Entonces, se cubrió con lo poco que quedaba de camiseta y se dirigió hacia la puerta.

Dane deseó que ella se diera la vuelta para poder ver la expresión de su rostro.

–Me reuniré contigo dentro de unos minutos.

–No creo que sea buena idea –comentó ella desde la puerta. Tenía una expresión inescrutable en el rostro, que no tardó en adornar con una ligera sonrisa–. Nos estaríamos despertando toda la noche y estoy agotada. Buenas noches, Dane.

Él permaneció allí mucho tiempo, mirando la puerta. Podía oír los ruidos que ella hacía en su dormitorio. Aún notaba su fragancia en el aire. ¿Cómo diablos iba a poder regresar a la normalidad sin ella cuando todo aquel asunto hubiera terminado?

Capítulo Seis

Mariel se tumbó boca abajo en su cama. Se merecía un Oscar por su actuación. Estaba completamente segura de que él se lo había creído.

Se abrazó a la almohada y se puso boca arriba. Necesitaba mantener la fachada porque aquello era lo que habían acordado.

Además, trató de convencerse de que a los dos no les iría bien como pareja. Jamás parecían estar de acuerdo en nada. Ni en la apariencia personal, ni en los programas de televisión ni en la familia ni en los niños. Ni en el compromiso.

También, necesitaba dejar claro que iban a volver a dormir juntos. Si él la veía antes de que estuviera completamente despierta, Mariel se sentiría vulnerable y él la leería tan fácilmente como si se tratara de un libro. Sería demasiado peligroso porque estaba cayendo… sin control.

El corazón pareció encogérsele. Agarró con fuerza la almohada. Decidió que había llegado la hora de la sinceridad. Ya se había enamorado. Completamente. Estaba enamorada de Dane. Siempre lo había estado.

Ya conocía cada centímetro de su cuerpo, los sonidos que emitía en medio de la pasión y cómo era tenerlo dentro de ella. La amistad no sería suficiente y lo de ser amantes no era más que algo temporal.

Lanzó la almohada al aire y oyó cómo caía.

Ya no podía hacer nada. Por eso, era vital que mantuviera la mentira, que Dane nunca supiera lo que ella sentía en lo más profundo de su alma. Él no quería nada permanente. Estaría deseando regresar a su estilo de vida libre y a sus rubias pechugonas.

Canalla.

Por lo tanto, haría que todo pareciera fácil, sin profundidad alguna. Aprovecharía al máximo el tiempo que les quedaba y entonces... entonces se marcharía con los recuerdos, dado que tendría que alejarse de él.

A la mañana siguiente, se mantuvo fiel a su plan. No le resultó tan difícil como había anticipado porque Dane tenía prisa. Ni siquiera desayunó, pero sí le dio un beso de despedida en la puerta. Un beso maravilloso que se alargó hasta que el chófer que lo esperaba para llevarlo al aeropuerto tosió discretamente.

Dane levantó el rostro y la miró un largo instante.

–Esta noche –le prometió.

Ella asintió.

–Perderás el vuelo.

Entonces, se le ocurrió que se estaban despidiendo como si fueran un matrimonio.

–Que tengas buen viaje.

–Te llamaré.

Mariel le lanzó un beso y regresó al interior de la casa. Se moría de ganas por volverlo a ver. Por volver a escuchar su voz. Por sentir de nuevo su cuerpo contra el de ella.

La relación sexual entre ambos creció en intensidad a lo largo de la semana siguiente, si esto era posible. Como ella quería trabajar y porque le preocupaba que se estuvieran acercando demasiado, Dane se iba a su despacho durante el día y solo se reunían por la noche.

Si él tenía un acto al que acudir, ella lo acompañaba. La prensa los seguía. Los dos eran una pareja muy popular en las páginas de sociedad. La prensa no hacía más que especular sobre cuánto tiempo seguiría Dane siendo el soltero del año, pero él se negaba a dar entrevistas que implicaran preguntas sobre Mariel e insistía de nuevo en que los dos solo eran buenos amigos. Tampoco le había indicado a Mariel en modo alguno que tuviera intención de cambiar su estado civil.

Compartían tranquilas veladas en casa, paseaban por la playa o se relajaban junto a la piscina. Hacían todas las cosas que las parejas solían hacer. Todas las noches, hacían el amor con una pasión que no daba indicación alguna de aminorarse o desaparecer. Solo era una aventura amorosa. Y todas las aventuras terminaban.

Dane se ocupaba de sus negocios, de los preparativos de su próximo viaje a las zonas despobladas de Australia y se mantenía ocupado. A Mariel le preocupaba que le hubiera dado la espalda a la única familia que tenía. Sabía que padre e hijo habían tenido sus problemas en el pasado, pero el remordimiento que vio en los ojos del padre la noche del baile benéfico la convenció de que había esperanza. Solo tenía que conseguir que Dane pensara lo mismo.

Se levantó de la cama, se puso una bata y bajó a la cocina. Se sirvió un vaso de leche y salió al porche a tomársela. Estaba admirando la casa cuando la voz de Dane la sacó de sus pensamientos.

–¿Qué estás haciendo aquí?

Ella se dio la vuelta y vio a Dane vestido tan solo con unos calzoncillos.

–Estaba pensando –dijo. Se acercó a él y apoyó la cabeza en su torso.

–Yo tampoco puedo dormir –susurró él mientras le rodeaba la cintura.

Los dos guardaron silencio unos instantes. Dane empezó a preguntarse qué estaría haciendo ella allí. ¿Qué le había hecho salir al porche en medio de la noche? ¿La habría disgustado de algún modo? No. Seguramente si Mariel se hubiera sentido ofendida por algo, se lo diría. Por lo tanto, se limitó a abrazarla.

Tenía sentimientos muy profundos por ella, al contrario de lo que le había ocurrido con las mujeres que habían compartido su cama a lo largo de los años. Podría ser que a las demás nunca las hubiera conocido lo suficiente. Eso no era del todo cierto. Había tenido relaciones mucho más largas que su actual relación con Mariel. Sin embargo, aquello era diferente. Casi como si se hubieran convertido en mucho más que amantes.

No. No podía hacer eso. A Mariel no. No quería hacerle daño. Ella significaba demasiado para él. Era demasiado importante, posiblemente la persona más importante de su vida. Haría cualquier cosa para librarle del dolor de enamorarse de un hombre que no podía comprometerse. Eso significaba seguir por el mismo sendero que habían comenzado. Recto y práctico.

Mariel se relajó contra él. Dane le apretó los hombros y la llevó al interior.

Dane observó desde detrás de las puertas francesas cómo el deportivo amarillo se detenía en el garaje junto a su Porsche.

Era domingo, el día antes de que él se marchara al norte. Estaría una semana fuera. Mariel le había dicho que tenía una sorpresa y le había hecho prometer que estaría en casa y que no discutiría con ella cuando regresara.

La puerta del conductor se abrió y Dane recibió el regalo de una hermosa pierna que terminaba en una sandalia amarilla de tacón de agua. Mariel salió del coche. Llevaba el cabello recogido con una cinta amarilla.

Admiró la forma de su trasero cuando ella se inclinó sobre el asiento de atrás para sacar una caja de la tienda Chocolate Choices. Tenía un aspecto tan delicioso y delicado como un merengue de limón. El deseo se apoderó de él... hasta que se abrió la puerta del copiloto y su padre descendió del vehículo.

Aquella imagen hizo que diera un paso atrás. Dios Santo. ¿Qué era lo que Mariel estaba haciendo? Su cuerpo se tensó al ver que ella se dirigía con el anciano hacia la puerta junto a la que estaba el propio Dane. La abrió antes de que Mariel pudiera hacerlo.

–Dane –dijo Mariel antes de que él pudiera reaccionar–. He traído a tu padre a la ciudad. Sé que a los dos os gusta mucho el ajedrez y... creo que podríais reiniciar vuestra relación con una partida.

Dane dejó de mirar a Mariel y miró a su padre.

–Papá...

–Hola, Dane. Mariel me ha invitado, pero si quieres puede llevarme inmediatamente de vuelta a mi casa.

–Ya estás aquí.

Dane dedujo que la mirada se le llenó de angustia porque, cuando miró por fin a Mariel, vio empatía y comprensión en la de ella. Se sintió como si ella le hubiera arrebatado su orgullo y su seguridad en sí mismo y lo hubiera dejado completamente desnudo.

–¿Qué bebes ahora, papá? –le preguntó tras indicar el sofá.

–Tomaré una cerveza si tienes, gracias.

Mariel puso un CD de música clásica. Entonces, pasó junto a Dane y dijo:

–Está bien. Os dejaré a los dos…

–No tan rápido –replicó él agarrándola del brazo. Prácticamente la llevó a empujones a la cocina. Allí, él la obligó a mirarlo. Mariel tenía los ojos húmedos. Y parecía enfadada.

–¿Qué diablos crees que estás haciendo? –le preguntó.

–Estaba pensando en ti, Dane –respondió mientras dejaba la caja de bombones sobre la encimera–. Tu padre te necesita y tú le necesitas a él. Pensé que traerlo aquí para que podáis jugar un rato al ajedrez era un buen inicio.

Dane la soltó y se dirigió al frigorífico para sacar dos cervezas.

–Preferiría enfrentarme a un pelotón de fusilamiento.

–Pues te lo podría organizar –replicó ella–. De hecho, tal vez te haga el favor yo misma.

–¿Lo has traído aquí para jugar al ajedrez? Muy bien. Pues juega tú con él. Yo no estoy preparado.

Con eso, Dane regresó al salón, le dio a su padre la cerveza y salió al exterior. La puerta se cerró con un golpe que resonó en toda la casa.

Mariel se preguntó si habría cometido un error realmente grave. El corazón se le aceleró y se sintió muy débil, pero se acercó a Daniel. El anciano tenía la tensión reflejada en el rostro. Mariel no solo había disgustado a una persona, sino a dos.

–Cambiará de opinión –murmuró tratando de sonreír. Entonces, se sentó en una silla de manera que el tablero de ajedrez quedó en el centro–. Mientras tanto, ¿por qué no me explicas el juego?

–Creo que debería marcharme…

–Dale unos minutos. ¿Cómo se llama esta pieza? –le preguntó para distraerle.

Daniel suspiró.

–Es el alfil. Solo se puede mover en diagonal –explicó. Entonces, tomó otra pieza–. El caballo puede saltar por encima de cualquier otra pieza. El objetivo del juego es hacer jaque mate al rey de tu oponente.

–¿Y qué significa eso exactamente?

–Es cuando…

Se interrumpió cuando la puerta volvió a abrirse y Dane entró de nuevo en el salón. Parecía mucho más tranquilo. Mariel se tranquilizó también un poco, a pesar de que sabía que Dane aún no había terminado con ella. Había sobrepasado los límites que habían marchado. Ella era su amante. Nada más. Eso no le daba derecho alguno a interferir en las decisiones personales que él pudiera tomar. Solo porque la familia lo significara todo para ella y quisiera tener la suya propia algún día, no significaba que tuviera que imponer sus preferencias sobre los demás, aunque la razón por la que lo hubiera hecho en aquel caso fuera exclusivamente para beneficiar a Dane.

Se levantó inmediatamente de la silla.

–Tengo cosas que hacer. Arriba.

Dane observó cómo se marchaba y luego se sentó en la silla que ella había dejado vacante. Después, dejó la botella de cerveza vacía en el suelo. Nadie había hecho nunca nada parecido por él: ella lo había hecho pensando en los intereses de Dane.

–Bueno, terminemos con esto. ¿Blancas?

–No tenemos por qué jugar….

Dane sonrió.

–Si no recuerdo mal, no te gusta perder –dijo. Movió uno de los peones blancos.

Su padre repitió el mismo movimiento.

–Hace años que no juego.

–No hay excusa –replicó Dane. Hizo su segundo movimiento.

–Barbara se ha marchado.

–Lo sé. Esa es la clase de mujer que es. Traté de decírtelo.

–No se puede confiar en las mujeres…

–En general, estaría de acuerdo contigo.

–Pero Mariel es diferente, ¿verdad?

–No quiero hablar de Mariel.

–¿Por qué no? Está viviendo aquí. Leo los periódicos. Solo buenos amigos… –dijo Daniel con una carcajada

Dane resistió la necesidad de defender su relación. Su padre hacía que sonara como algo barato. Trató de mirar el tablero, pero no lo veía. Lo que había entre ellos jamás podría considerarse algo barato. Él jamás había conocido a nadie como Mariel ni la conocería nunca. El hecho de que tendría que dejarla marchar en un futuro no muy lejano le produjo una gran angustia, mucho mayor de lo que estaba dispuesto a admitir.

Mariel recordó los bombones que había pensado ofrecerles diez minutos después. No quería interrumpir ni distraer, por lo que los pondría en un plato, los dejaría sobre la mesa y se marcharía. Bajó descalza la escalera.

Al llegar abajo, escuchó las voces de los dos hombres.

–¿Crees que Mariel y tú podríais…?

–No.

Mariel se quedó helada al escuchar una negación tan categórica.

–Ella quiere jugar a las familias felices algún día. Una casa grande, niños propios…

Oír el despego con el que hablaba de ella la afectó más de lo que pudo imaginar.

–Los niños jamás fueron muy importantes en nuestra familia –oyó que decía Daniel.

–Nosotros no somos una familia –replicó Dane–. Tener la misma conexión biológica no sirve para crear una familia.

Mariel decidió que no quería oír más. Volvió a subir las escaleras y regresó a su habitación. Cerró la puerta y se tumbó a esperar que la tarde terminara.

***

Estaba empezando a oscurecer cuando Dane apagó el motor de su coche. Tenía que admitir que la tarde no había transcurrido tan mal como había pensado en un principio. Se bajó del coche, pero se detuvo en seco al llegar a la puerta de la casa.

Mariel estaba sentada junto a la piscina, iluminada por un suave foco. Seguramente todavía seguiría enfadada con él, pero no lo parecía. Tenía un aspecto muy sexy. El deseo se le despertó.

Tenía los pies en el agua y los agitaba suavemente. Verla así le provocó una extraña sensación en el pecho a Dane.

Mariel giró lentamente la cabeza.

–Veo que por fin has decidido regresar a casa.

–Ayudé a mi padre a reparar una puerta.

–Me alegro.

Dane la observó atentamente. Vio lo agitada que tenía la respiración. Se percató de que tenía los pezones erectos contra la tela de la camiseta que llevaba puesta. Supo que estaba muy excitada.

–¿Quieres que te diga lo que estás pensando?

Ella parpadeó.

–Preferiría que me lo mostraras…

–Pensaba que aún estarías enfadada conmigo.

–El rencor es una perdida de tiempo, ¿no te parece? –susurró mientras lo miraba con sus ojos esmeralda–. Prefiero hacer el amor a la guerra.

Dane se sentó a su lado y le tomó la mano.

–Bien pensado.

Se llevó la mano a los labios antes de soltárselas. Luego, se apoyó sobre los codos.

Aquella caricia de Dane pareció desatar una explosión de energía. Mariel se levantó. Dane hizo ademán de levantarse también, pero Mariel le colocó un pie en el torso y se lo impidió. Dane vio que ella tenía la excitación reflejada en la mirada.

–Hazme el amor apasionadamente –le dijo mientras movía los dedos de los pies contra la camisa–. Aquí. Ahora mismo.

–Está bien… –respondió él. Le gustaba verla desde aquel ángulo–, pero parece que ahora mismo tú llevas la voz cantante.

Dane deslizó una uña bajo el erótico arco del pie de Mariel. Ella lo apartó y dejó escapar un suspiro. En ese mismo instante, comenzaron a caer las primeras gotas de lluvia.

–Maldita sea, me haces cosquillas. Eh, está lloviendo.

Mariel lo miró y se inclinó sobre él como si estuviera ebria. Dane le colocó las manos en las caderas para evitar que se cayera.

–Te tengo.

–¿Sí? –le preguntó ella con una inescrutable expresión en la mirada. Casi sin que él se diera cuenta, le colocó los pies a ambos lados del torso–. Tal vez yo te tengo a ti.

Dane le agarró los tobillos.

–¿Estás segura de eso?

Dane miró a las nubes y observó que los relámpagos restallaban en la distancia, seguidos por el turbador rugido del trueno. Ella miró también al cielo amenazador.

–Deberíamos…

–Sí. Deberíamos. Lentamente esta vez. Muy lentamente.

Dane le agarró con más fuerza los tobillos y la miró a los ojos. Los tenía oscuros como la tormenta que se acercaba.

–Mariel… –susurró mientras le acariciaba suavemente las pantorrillas.

Ella ni se movió ni reaccionó, pero el placer de ver cómo los ojos se le oscurecían de excitación no se pareció en nada a lo que él hubiera experimentado nunca. Aunque el deseo lo atenazaba y la urgencia le hacía hervir la sangre, su plan siguió siendo el mismo. Se lo tomaría con calma.

Siguió acariciándole las piernas y memorizándolas como si estuviera ciego. La piel era cálida y sedosa y temblaba de necesidad. A Dane también le temblaban los dedos cuando rozaron por fin el húmedo algodón que cubría la unión entre los mismos. El deseo y la anticipación lo animaron a ir más rápido, pero él no lo hizo. Deslizó un dedo bajo la tenue barrera para encontrar por fin lo que estaba buscando. Caliente. Húmedo. Resbaladizo.

Durante un momento, Mariel sintió que el mundo se detenía. No podía hacer otra cosa que no fuera mirar a Dane mientras absorbía el exquisito placer que él le estaba proporcionando. Como si nunca antes hubieran hecho el amor. Como si aquella vez fuera diferente. No podía hablar. Ni moverse. Ni pensar.

Entonces, él apartó la mano y eso le dio miedo.

–No. Yo…

–Está bien.

–Lo sé. Sé que está bien –respondió ella mientras se mesaba el cabello–. Ahora que has regresado, yo estoy aquí, todo es lento y fácil y sigue poniéndoseme el vello de punta. Porque eres tú. Hace más de una semana y aún no puedo acostumbrarme…

–No lo intentes. No lo pienses siquiera –susurró él. Le tocó suavemente la parte posterior de las rodillas–. Agáchate…

Le resultó fácil porque las piernas y el resto de las partes de su cuerpo se le estaban deshaciendo. Se colocó encima de él y le besó para beber de él. Lentamente. Sabía a medianoche y a hombre.

Dane comenzó a acariciarle suavemente el cabello y, tras un instante, le bajó la cremallera del vestido. La ardiente piel quedó expuesta al refrescante aire de la noche. Después, comenzó a deslizar la tela y ella levantó los brazos para ayudarle hasta que quedó casi desnuda, a excepción de un minúsculo biquini. Entonces, la hizo tumbarse en el suelo a su lado y se apoyó sobre un codo. Su mirada inició un ardiente viaje por el cuerpo de Mariel. Ella casi sintió cómo la humedad que le cubría la piel se evaporaba. Estuvo a punto de empezar a gemir.

–Sí. Ahora… –susurraba. No podía decir nada más.

–No. Haces las cosas a toda velocidad. Esta noche no…

Trazó el contorno del rostro de Mariel con los nudillos, realizando la más ligera de las caricias.

Y ella se olvidó de respirar. Se olvidó de todo a excepción del placer que él le prometía.

Dane estaba cumpliendo su palabra y lo hacía todo muy lentamente. Le agarró un seno con la palma de la mano, acarició el pezón entre los dedos y luego bajó la cabeza para comenzar a besarlo y a chuparlo ávidamente. Después, prestó la misma atención al otro seno.

Con languidez, le deslizó la mano por el vientre y más abajo, metiendo la mano de nuevo por debajo de las braguitas. Entonces, hundió un dedo en la húmeda feminidad, cada vez más profundamente, hasta que ella gimió su hombre desde lo más profundo de su ser.

Incapaz de contenerse, Mariel movió las piernas y se arqueó contra la mano de Dane llena de deseo. Nunca antes había anhelado de aquel modo el contacto con otro hombre.

–Dane, yo…

–Shh…

Frotó los labios contra los de ella, borrando así lo que Mariel había estado a punto de decir. Luego la miró.

–Quédate ahí tumbada y estate quieta.

–Pero yo…

Dane volvió a besarla, bebiéndose las palabras que ella iba a pronunciar muy lentamente, del mismo modo en el que saborearía un delicioso vino. Cuando dejó por fin los labios, bajó por la columna de la garganta, mordisqueándosela suavemente. Mariel sintió que no podía respirar. Entonces, él siguió bajando hasta concentrar toda su atención en el ombligo. Cuando siguió bajando, lamiendo y besando delicadamente hasta el borde del biquini, ella ya no pudo moverse ni pensar...

Entonces, muy lentamente, él le despojó de la prenda bajándosela lentamente por los muslos, hasta las pantorrillas y más allá.

Y, oh... sí... Después él le separó las piernas y comenzó a deshacer el nudo de deseo que Mariel tenía entre las piernas con la lengua. Ella comenzó a flotar en algún lugar muy cercano al paraíso.

El húmedo ambiente le llenaba la piel de sudor y de lluvia. El cielo seguía rugiendo. La presión era deliciosa, apasionada y ardiente. Fue subiendo lentamente en una sinfonía de placer que resonaba dentro de ella.

Mariel se arqueó y se estremeció por un tórrido clímax al tiempo que un primitivo sonido se le escapaba de la garganta y desgarraba el cálido aire.

Sin embargo, él no le dio tiempo de relajarse. Antes de que ella pudiera respirar de nuevo, le introdujo un dedo mientras la boca seguía chupando incesantemente, besando, abriendo y empujándola cada vez más rápidamente... Entre jadeos, ella volvió a alcanzar el orgasmo y cerró los ojos con un profundo gemido.

Lentamente, fue recuperando la respiración. Abrió los ojos y vio que él tenía el rostro apoyado contra su vientre.

–Vaya…

Sus pulmones no parecían poder encontrar oxígeno alguno, y le resultaba imposible pronunciar más de una palabra cada vez.

–Eso es exactamente lo que pienso yo –susurró él. Se incorporó y comenzó a desabrocharse el cinturón.

Mariel se echó a reír y se deslizó hasta estar completamente debajo de él. Los botones saltaban por el aire a medida que se iba abriendo la camisa. Entonces, acarició ávidamente el torso que él le mostraba.

–Acuérdate que hay que ir despacio –dijo él apartándole las manos.

–Está bien, pero date prisa…

Permaneció tumbada mientras él se quitaba la camisa y la dejaba a un lado. Entonces, vio que Dane se ponía de pie para quitarse los pantalones y los calzoncillos.

Mariel ya lo había visto desnudo, pero siempre había sido presa del frenesí de la urgencia. ¿Qué se podía decir de la perfección? El pulso se le aceleró al ver aquel magnífico ejemplo de excitada masculinidad. Dane. Glorioso. Y a su alcance.

Él se tumbó encima de ella. Lo hizo tan completamente que estuvo a punto de aplastarla en el proceso.

–A algunas mujeres les gusta que les corten la respiración. Yo no soy una de ellas.

–Deja de quejarte –le dijo él.

No obstante, apoyó parte del peso en los codos

y se estiró encima de ella como si fuera un fuerte depredador. La potente erección se apretaba contra la pelvis de Mariel. El torso de Dane se frotaba contra los senos de ella mientras la animaba con besos ligeros y seductores por el rostro, el cuello y la oreja mientras le susurraba:

–Ya hablaremos de las preferencias personales en otro momento.

Apretó los labios contra los de ella. El beso pasó de ser juguetón a muy apasionado en menos tiempo del que Mariel tardó en responder. Las sensaciones se abrieron paso por su piel mientras los dedos de Dane le acariciaban las mejillas, la frente y la mandíbula. Le introdujo la lengua, animándola a unirse con una sensualidad que ella no pudo resistir.

Metió las manos entre los cuerpos de ambos y agarró la erección de Dane. Él dejó de besarla para incorporarse un poco y mirarla a los ojos. Permanecieron así durante una eternidad, con las miradas entrelazadas mientras ella deslizaba el dedo desde la punta hasta la base, para luego recorrer el camino a la inversa. Secó la gota de humedad que encontró en la punta antes de guiarlo entre las piernas.

Sin palabras. No era necesario hablar. El tiempo era irrelevante. Sus miradas se unieron una vez más. Ella lo comprendía perfectamente, sus vulnerabilidades, sus miedos, sus necesidades, igual que él comprendía las de ella.

La lluvia había dejado de caer, dejando tan solo

el aroma de la tierra mojada. Un poco de cielo apareció entre las nubes, cuyo borde plateado quedaba iluminado por una luna invisible.

Dane la penetró por fin, provocando una lenta y deliciosa fricción. Mariel gimió suavemente y comenzó a deslizarse tranquila y líquidamente hacia el paraíso.

Poco a poco, la urgencia se fue incrementando. La necesidad se fue haciendo cada vez mayor. Ella lo animaba con las manos, los dedos, los dientes y la lengua. Los cuerpos de ambos se movían en una coreografía perfecta. Él los transportó a ambos a un mundo de sensaciones que terminaron cuando alcanzaron el gozo máximo de las sensaciones. Entonces, Dane se desmoronó encima de ella. Los labios se unieron, las miradas se cruzaron y los corazones latieron al unísono.

Cuando él hizo ademán de retirarse, Mariel le sujetó con la poca fuerza que le quedaba.

—No te vayas…

—No iba a irme. Estaba pensando que deberíamos entrar y encontrar un lugar más cómodo. Tal vez incluso dormir un poco.

—Está bien.

Dane se levantó y tiró de ella. Entonces, la tomó entre sus brazos y se dirigió hacia la puerta. Ella se aferraba a su cuello con toda la fuerza de que disponía mientras él subía las escaleras sin esfuerzo. Por una vez, Mariel permitió que él hiciera de héroe.

Las suaves sábanas la animaron a dormir. Apoyó la mejilla en el amplio torso de Dane y aspiró el aroma de su cuerpo y escuchó cómo su corazón iba recuperando un ritmo más tranquilo. Cuando la respiración se hizo más profunda, supo que él se había quedado dormido.

Levantó la cabeza para observarlo y sintió que le daba un vuelco el corazón. Parecía el muchacho que ella había conocido, inocente y dulce. Se besó los dedos y los depositó suavemente en los labios de él.

¿Cuándo se había sentido tan plena? Nunca. Tal vez era porque jamás había hecho el amor de tantas maneras posibles. Cuerpo, mente y corazón.

El temor se apoderó de ella a pesar de su felicidad. Si no tenía mucho cuidado, su corazón sería el que saldría perdiendo. Y no iba a permitir que nadie volviera a hacerle daño. Ni Dane ni nadie.

No se podía permitir sentimientos sin control ni sueños que pudieran nublar lo que se suponía que era un acuerdo práctico.

Era mejor que se marchara. Lo haría dentro de un momento. Se levantaría con cuidado y se marcharía…

Desgraciadamente, debió de quedarse dormida porque cuando abrió los ojos, la perlada luz del alba ya estaba venciendo a la oscuridad.

De repente, notó una agradable sensación en el vientre, que provenía de los pezones. La mano de Dane debió de darse cuenta de que estaba encima del seno de Mariel y comenzó a apretarlo suavemente y a estimular el pezón entre los dedos.

–Estás despierta… –susurró él. Entonces, deslizó la mano hacia abajo, lo que provocó que ella se arqueara contra el cuerpo de Dane.

–Mmm…

La pasión se apoderó de ella. La respiración se le entrecortó cuando él le colocó la mano entre las piernas y deslizó un dedo entre los pliegues aún hinchados. El cuerpo entero se le tensó.

–Buenos días –susurró él con una sonrisa.

Lo estaba haciendo otra vez. Estaba llevando la iniciativa. Tenía que admitir que le gustaba… Incluso estaba dispuesta a permitirle que jugara un poco más de tiempo.

Sin embargo, ella tenía sus propias ideas

Se retorció y se apartó de él. Entonces, se sentó encima de Dane a horcajadas. Vio que parpadeaba y que se quedaba atónito cuando ella le agarró el sexo con las dos manos y se empaló en él. Ya no parecía tener sueño. Tenía los ojos completamente abiertos.

–Buenos días también para ti –dijo mientras comenzaba a moverse encima de él–. Ahora, presta atención. Me toca a mí.

Capítulo Siete

Aquella misma mañana, Dane se marchó al norte. Mariel prefirió marcharse a su pequeño local para no estar presente en el momento de su partida, pero le dio un largo beso de despedida.

Se pasó los días siguientes con una actividad frenética, entrevistando a posibles modistos, dibujando sus diseños y preparando patrones. Él la llamaba todos los días. Mariel lo echaba de menos, aunque se esforzaba porque no ocurriera así. Sabía que, más tarde o más temprano, iba a tener que renunciar a él. Por lo tanto, se centró en su trabajo. El camino al éxito resultaba tan evidente que casi podía saborearlo.

A menos que…

Una mañana, en vez de redactar su pedido para nuevas telas, se vio obligada a enfrentarse a lo imposible. Pidió cita con el médico. El periodo se le estaba retrasando casi dos semanas. No quería empezar una caja nueva de anticonceptivos hasta que supiera por qué.

La doctora Judy le explicó:

–Si no se te ha olvidado tomar un día la píldora, has vomitado o has utilizado otra medicación, es poco probable que estés embarazada, Mariel.

Mariel se mordió el labio mientras miraba a la doctora. Sintió ganas de vomitar. Se había leído mil veces el prospecto de la píldora. Conocía los consejos de memoria, pero... Ya era un poco tarde. Muy tarde.

–De camino a Australia me mareé en el avión. Y, de algún modo, creo que calculé mal la diferencia horaria, por lo que terminé con una píldora de más...

La doctora Judy anotó algo en el expediente de Marie. Entonces, sonrió de tal manera que Mariel quiso que se la tragara la tierra.

–En ese caso, ¿por qué no hacemos un análisis de sangre? –le preguntó.

Embarazada.

Mariel se zambulló en la piscina de Dane y se deslizó por las cristalinas aguas con suaves y poderosas brazadas. Embarazada. Incrementó la velocidad como si así pudiera deshacerse del problema.

La doctora Judy le había asegurado que los resultados del análisis eran claramente positivos y le explicó lo que debía hacer a continuación: elegir hospital, clases de preparación al parto, vitaminas...

Desgraciadamente, Mariel no era capaz de recordar nada. El asombro le había provocado un shock tal que había regresado a la casa como si fuera con piloto automático. En aquellos momentos, con la refrescante sensación del agua sobre la piel, el shock estaba empezando a desaparecer para dejar paso a una dura realidad.

Dios santo. Iba a tener un hijo. El hijo de Dane... Del hombre que no quería casarse. El que no quería tener hijos.

El hombre que amaba.

Se sumergió tratando desesperadamente de derrotar a sus sentimientos. Sabía muy bien lo dramáticamente que todo iba a cambiar.

En aquel momento, Dane no sabía nada y seguiría en la más feliz de las ignorancias al menos un par de días más. Mariel no era capaz de contarle nada tan importante por teléfono. Se preguntó cuánto tiempo debería mantenerlo en la ignorancia. Tal vez podría disfrutar de un poco más de tiempo mientras decidía cuál sería el mejor modo de decírselo.

En Alice Springs, Dane marcó el número de su casa y encendió el ordenador en el momento en el que llegó a la habitación del hotel. A lo largo de la última semana, se había convertido en su ritual cada noche a las siete.

Aquella noche, la anticipación era aún mayor. Había trabajado más rápido para llegar a casa más temprano. Al día siguiente a aquella misma hora, podría hablar con ella en persona.

Jamás había tenido una mujer esperándolo en su casa. Sonrió. Mariel no era la clase de mujer que esperaba.

Aquella noche tardó algo más de lo habitual en responder.

–¿Sí?

Su voz sonaba diferente. Dane notó que había algo más. No era capaz de identificarlo, pero le provocó un escalofrío por la espalda.

–Dane… Ah, ¿ya son la siete?

–Pareces sin aliento. ¿Dónde estabas?

–Estaba… en la piscina.

–Enciende el ordenador. Quiero verte.

–¿Quieres que deje también un rastro de agua por las escaleras? –replicó ella tras dudar un segundo.

–Te prometo que merecerá la pena.

–Esta noche no. No me siento muy bien.

–Vaya, lo siento –dijo él con desilusión–. ¿Qué te pasa?

–Debo de haber pillado algún virus o algo así.

–¿Por qué no te tomas algo, te metes en la cama y duermes un poco?

–Ya estoy. Lo estaré.

Dane frunció el ceño. Hacía menos de un minuto ella le había dicho que había estado en la piscina. Jamás se mentían. Al menos, él no la había mentido a ella. Se habían prometido una comunicación abierta y sincera. ¿Qué había cambiado?

–¿Estás segura de que no hay nada más?

–Sí. Estoy segura.

–En ese caso, te dejo para que te puedas ir a dormir. Buenas noches.

–Está bien. Buenas noches.

Dane se sentía desconcertado. Se tumbó en la cama. Se imaginó su cabello oscuro, con aroma a flores, extendido sobre la almohada. Los rayos de la luna entrando por la ventana, pintando de plata su glorioso cuerpo.

Los mismos rayos de la luna le permitieron ver una única lágrima deslizándosele por la mejilla.

La sonrisa se le borró del rostro.

Dane le dio las gracias al chófer y bajó del coche. Se acercó a la casa y dejó el equipaje en el vestíbulo. Entonces, comenzó a recorrer la casa buscando a Mariel. Había detalles de su presencia por todas partes: su bolso, su chaqueta. Ella había cocinado algo con chili, comino y cilantro. El aroma le recordó a Dane que no había tomado comida casera desde hacía más de una semana.

Se detuvo frente a las puertas de cristal que daban al patio. Mariel llevaba un traje de baño rojo y estaba tumbada a la sombra en una hamaca. Tenía una revista sobre el rostro.

Dane sintió que se le hacía un nudo en la garganta. Salió al patio. Se acercó a ella y se sentó sobre la hamaca junto a ella. Entonces, le quitó la revista del rostro.

–Hola, tesoro.

Mariel estaba dormida. Abrió los ojos parpadeando. Dane vio pasar por su rostro una miríada de emociones. Placer, confusión… y algo parecido a la tristeza.

–O llegas un día antes o llevo durmiendo aquí más tiempo del que pensaba.

–Conseguí terminar antes –dijo él con una sonrisa. Le colocó la mano en el vientre.

La alarma se reflejó en los ojos de Mariel. Si él no hubiera pensado que era imposible, le habría parecido ver algo parecido al miedo en ello.

–Anoche estaba muy preocupado por ti…

Mariel se giró y se levantó de la hamaca. Dane se levantó también.

–No había necesidad –dijo ella. Entonces, se volvió con una sonrisa en los labios–. Estoy bien. Simplemente no tenía ganas de hablar.

Aquella mujer no era la Mariel que él conocía. ¿Qué había cambiado? El pánico se apoderó de él.

–¿Me quieres explicar por qué?

–No particularmente –dijo ella–. Ahora mismo no.

Dado que su voz se había hecho más profunda y que estaba sonriendo, Dane tomó aquellas palabras como una invitación y se acercó más a ella. Se sentía preparado para olvidar y perdonarlo todo con tan solo volver a familiarizarse con el sabor de los labios de Mariel.

La estrechó entre sus brazos y le agarró los hombros. Entonces, la actitud de ella cambió, se mostró más receptiva. Le colocó las manos en los hombros y le rodeó el cuello como si fueran dos cuerdas de seda.

La satisfacción se apoderó de él. Era capaz de hacer que ella cambiara con tan solo un beso. La estrechó contra su erección. El traje de baño mojado le refrescó la ropa que llevaba. Ella gemía contra su boca. Evidentemente, fuera lo que fuera lo que la preocupaba, había quedado olvidado. Sin dudarlo ni un instante, la tomó entre sus brazos y se dirigió a la puerta.

Mariel abrió los ojos algo sobresaltada.

–Tranquila –dijo él mientras empezaba a subir la escalera–. He decidido que, a partir de ahora, llevarte en brazos al dormitorio va a formar parte de mi rutina diaria de ejercicios.

Mariel sintió que se le paraba el corazón. Cuando le dijera lo que tenía que decirle, no sería así. Su mirada se tornó fría.

–¿Qué pasa? –le preguntó él mientras se detenía en la escalera.

–Huelo a cloro. Y tengo el cabello húmedo.

–¿Y crees que me importa?

Incapaz de resistirse, Mariel permitió que él la llevara al dormitorio. Sabía que aquella sería la última vez. Una última oportunidad para poder sentir lo que era que Dane le hiciera el amor.

Cuando por fin la colocó sobre la cama, Dane se desnudó en menos de diez segundos. Entonces, se subió a la cama. Ella nunca había visto tanta pasión en sus ojos como cuando le quitó el traje de baño. Los pezones, ya erectos por el deseo y la humedad, se irguieron aún más.

Cuando le hubo quitado el bañador, Dane centró toda su atención en los senos.

–Te diría que eres muy hermosa, pero eso ya lo has oído antes…

–De ti no. Al menos, no de este modo… –susurró ella–. Dímelo –añadió con impaciencia.

Dane la miró un instante antes de contestar.

–En el noventa y nueve por ciento de las veces, la belleza es un don que se obtiene al nacer. Eso es lo que los hombres ven cuando te miran. Por lo tanto, cuando te digo que eres muy hermosa, no solo estoy hablando de la suavidad de tu piel o del color de tus ojos, sino de tu interior. Eso es lo que cuenta.

Mientras hablaba, comenzó a acariciarle el vientre. El lugar que ocupaba su hijo.

Mariel sintió deseos de llorar. Aquel día sentía algo más en la voz de Dane. Algo más en sus ojos, en sus besos. En circunstancias diferentes, le habría preguntado sin dudarlo si era lo mismo para él. No lo hizo. Decidió hacer que el resto de la noche fuera especial. Memorable.

Decidió que tal vez ella podría morir por un corazón roto, pero Dane estaría bien. Se recuperaría y lo solucionaría todo. Tal vez incluso pudieran seguir siendo amigos.

Unos amigos que compartían un hijo. No era tan imposible. ¿O sí?

–Tal vez no debería habértelo dicho –murmuró–. Parece que mis palabras te han entristecido.

Mariel negó con la cabeza.

–Hazme el amor –susurró–. Nadie me ha hecho nunca el amor como tú.

Dane inclinó la cabeza y la besó.

–Porque nadie te conoce como te conozco yo.

Mariel quería decirle que lo amaba, pero no pudo. Existía un secreto entre ambos que demostraba que él no la conocía como pensaba. Esa mentira creaba una tela de araña de engaños a su alrededor. Cuando él se tumbó encima de ella, Mariel levantó los brazos y se entregó a él.

Aquella noche fue la de las miradas eternas, la de la dulce pasión, la de las lánguidas caricias. Los tiernos besos. Mariel lo acogió en su cuerpo sin palabras y con todo el amor que tenía para entregarle.

El sol del atardecer tiñó el dormitorio de naranja y la piel de Dane de bronce. Sus ojos eran oscuros, casi negros con la tenue luz y la barba que había comenzado a nacerle en la mandíbula le ensombrecía el rostro y arañaba la piel de Mariel.

Dane se convirtió en su única realidad en un dormitorio en el que ya no veía nada. El sonido de sus murmullos. El latido de su corazón contra el de ella. El embriagador aroma de hombre. De aquel hombre en particular.

Mariel se aferró a esa realidad. A Dane. Eran unos instantes breves pero preciosos, en los que ella podría vislumbrar la vida que se le iba a negar.

Mariel se despertó la primera. Ya era casi de noche, pero las luces del atardecer aún iluminaban tenuemente las paredes. Enojada consigo misma por haberse quedado dormida, se giró para observar a Dane. Le habría gustado quedarse despierta para poder pensar. Para poder estar tumbada junto a él y escuchar su respiración mientras se preparaba mentalmente para contarle la verdad.

Como si Dane sintiera que ella estaba despierta, abrió los ojos lentamente en la semioscuridad.

–Hola.

Movió un brazo y se detuvo en seco. Entonces, tiró de un camisón de seda y se lo mostró a Mariel.

–¿Qué es esto? –le preguntó con una sonrisa.

Mariel se sonrojó.

–Yo…

Maldita sea. No había esperado que él regresara aquella noche y, por lo tanto, el hecho de que hubiera estado durmiendo en la cama de Dane en secreto para sentirse cerca de él había quedado al descubierto.

–Has estado durmiendo en mi cama…

–Sí. ¿Acaso es un delito?

Dane le dio un beso en la punta de la nariz.

–No. Espera aquí.

Se levantó de la cama y se marchó abajo. Regresó en menos de un minuto con una pequeña bolsa. Encendió la lámpara de la mesilla de noche.

–Un regalo de Alice Springs –le dijo mientras volvía a sentarse en la cama.

Con dedos temblorosos, Mariel sacó un sujetador muy sexy y un tanga a juego. El corazón se le llenó brevemente de alegría.

–Muchas gracias. Son muy bonitos. ¿Cómo supiste cuál es mi talla?

A Dane le brillaron los ojos y luego le cubrió un seno con la mano.

–¿Crees que no sé el tamaño de tus pechos?

El temblor de los dedos se acrecentó un poco más.

–Dane…

–¿Sí? –preguntó él estrechándola entre sus brazos–. Tengo hambre… –añadió tras mordisquearla un hombro–. ¿Y tú?

Ella respiró aliviada.

–Me apetecería una hamburguesa con queso y patatas fritas…

Dane levantó las cejas.

–Tú nunca tomas comida basura.

–Claro que la como, pero no con frecuencia.

–Ponte algo de ropa y saldremos a cenar por ahí.

Dane quería salir a cenar junto al río, pero Mariel no se mostró muy dispuesta, por lo que al final cenaron en casa, sentados en el sofá delante de la televisión. Ella casi no pudo cenar porque se sentía muy nerviosa y la intranquilidad de Dane le quitaba aún más el apetito.

Cuando él terminó de cenar y se hubo terminado también la hamburguesa de Mariel, recogió todos los envases y se volvió para mirarla.

–Está bien, Mariel. ¿Qué problema hay?

Ella se mordió el labio, pero levantó la barbilla y respiró profundamente.

–No te va a gustar esto…

–Ponme a prueba.

Mariel volvió a respirar profundamente para armarse de valor.

–Estoy embarazada.

El cerebro de Dane tardó un par de segundos en procesar aquella información.

–Embarazada.

La visión se le nubló. Parpadeó para salir de su asombro y entonces miró a Mariel. Vio que ella estaba muy pálida y con un aspecto muy vulnerable.

–Sí –afirmó ella–. Me enteré ayer.

–¿Y cómo es eso posible? –le preguntó él–. Pensaba que estabas tomando la píldora. Eso es lo que me dijiste… –añadió en tono acusador.

Lo mismo pero con otra mujer. ¿Lo habría planeado Mariel? Decidió que eso no era posible.

–Estaba tomando la píldora. Tenía que empezar otra caja, pero no me vino el periodo. Por eso, fui a ver a la doctora Judy para pedirle consejo.

–Entonces, cuando me dijiste anoche que tenías un virus, ¿estabas mintiendo?

–No podía decírtelo por teléfono. No creo que hubieras querido que yo te lo contara así. Algo tan importante debe decirse cara a cara.

Dane asintió con un seco movimiento de cabeza.

–Entonces, ¿cuáles son tus planes?

–¿Mis planes? Genial. Cuando las cosas se ponen difíciles, resulta que eres un irresponsable. Se trata de tu hijo también, así que son nuestros planes. Te guste o no, esto tiene que ver con los dos.

–No entiendes lo que te quiero decir. Te estoy

dando a ti la opción. Depende de ti, pero tendrás
todo mi apoyo decidas lo que decidas.

Ella lo miró fijamente.

–Tú… tú… –se levantó con el rostro lleno de fu-
ria–. Si estás pensando lo que creo que estás pensando…

–No tienes ni idea de lo que estoy pensando
–replicó él–. ¿Cómo vas a saberlo cuando ni yo sé
qué diablos estoy pensando? Oh, no… Mariel…
–susurró–. No quería decir…

De repente, lo comprendió de verdad. Era su
bebé. Una parte de él estaba creciendo dentro de
Mariel.

El corazón se le aceleró de tal manera que pensó que le iba a estallar. Su miraba buscó el vientre
de Mariel…

Su bebe.

La parte más primitiva de su ser deseó gritarlo
hasta los confines de la tierra.

Notó que Mariel le estaba mirando. Ella estaba
esperando algo más de él, algo a lo que tenía todo
el derecho.

–Tengo que pensar –dijo mientras se mesaba el
cabello y seguía mirando hacia la noche–. Tengo
que pensar en todo eso.

Oyó que ella se levantaba y que se marchaba.
Algo parecido al pánico se apoderó de él ante la
idea de que ella pudiera marcharse sin decir nada
y, peor aún, que él fuera a permitirlo.

–Mariel…

Se dio la vuelta y le agarró la mano. Mariel la tenía fría. Se la acarició suavemente con el pulgar y la miró a los ojos.

—Cuando sugerí todo esto, te dije que te ayudaría.

Mariel vio el dolor reflejado en su rostro y sintió que ese dolor se hacía eco en su propio corazón. Sabía que Dane estaba en estado de shock y que aún no había logrado asimilar la noticia. Sin embargo, él no le había dicho aún lo que ella quería escuchar: nos casaremos. Lo criaremos juntos.

Apretó los labios y asintió, incapaz de decir una sola palabra. No podía hablar ni quería hacerlo para no revelar lo profundamente necesitada de afecto que estaba en aquellos momentos, lo mucho que deseaba que él la estrechara entre sus brazos, la besara y le dijera que todo iba a salir bien.

Sin embargo, no iba a ser así. Por muy unidos que estuvieran o por mucho que ella lo quisiera, en lo que se refería a los finales felices, estaban en lados completamente opuestos.

Dane le apretó las manos y le dio un ligero beso en los labios.

—Vete a la cama. Ahora, necesitas cuidarte. Te veré por la mañana.

Su beso fue tan dulce como siempre y parecía tan sincero como siempre. Sin embargo, entre ellos se había abierto un abismo. Mariel sabía que nada volvería a ser como antes.

***

A la mañana siguiente, Dane se marchó antes de que Mariel se despertara. Ella trató de centrarse en su trabajo. Necesitaba mantener sus ingresos para asegurarse su independencia. No sabía dónde viviría ni si Dane la ayudaría en algo, por lo que no podía hacer planes.

En cuanto a ella, parecía que el embarazo había despertado por completo su instinto maternal. Al contrario que la madre de Dane, que lo había abandonado de pequeño, ella no tenía intención alguna de perderse ni un solo minuto la vida de su bebé. Siempre había soñado con tener hijos propios y un hombre que la amara y que estuviera dispuesto a compartir aquel gozo con ella. Sin el padre no iba a estar con ella, le daba igual. Por lo menos tendría una pequeña parte de Dane a la que podría amar para siempre.

Cuando Dane regresó del trabajo aquella tarde, eran más de las ocho. Ella ya estaba en la cama, emocional y físicamente agotada. Oyó que Dane se detenía frente a la puerta de su dormitorio, pero luego se marchó.

Decidió que no se permitiría llorar por el hombre que amaba y que se marcharía de allí. Se levantó de la cama y abrió la puerta. Vio que había luz en su despacho y se dirigió hacia allá.

El teléfono de Dane comenzó a sonar justo cuando ella estaba a punto de entrar.

–Huntington –dijo–. Sí, te iba a llamar. Hay... ¿Esta noche? Está bien. Dentro de veinte minutos. No te preocupes. Ahí estaré.

Un ligero crujido del suelo de madera le alertó de la presencia de Mariel. Colgó el teléfono y se lo metió en el bolsillo.

–Pensaba que estabas dormida. No quería despertarte.

–No me has despertado –dijo ella abriendo del todo la puerta–. Quería hablar.

–Yo también, pero lo siento, ahora no es buen momento. Tengo que ocuparme de un asunto urgente.

–¿Ahora? ¿Y qué es más importante que nuestro hijo?

–Te repito que hablaremos –dijo él, con una mirada extraña–. Lo haremos, pero se trata de trabajo. Un cliente.

–Un cliente…

–No me hagas esto, Mariel –dijo él mientras se daba la vuelta para apagar el ordenador–. Vas a tener que confiar en mí…

Contuvo las lágrimas. Dane se levantó y se dirigió hacia ella. La obligó a levantar la barbilla.

–¿Confías en mí?

Mariel pensó en su fama de casanova. Recordó la infancia y los secretos compartidos, las dos semanas que llevaban allí juntos en su casa… Quería confiar en él. Dane era el padre de su hijo. Nada podría cambiar eso. Y los dos estarían unidos por aquel bebé durante el resto de sus días.

–¿Y bien? –preguntó él.

–Si no tenemos confianza, Dane, no tenemos nada.

Capítulo Ocho

El día siguiente empezó mal y fue empeorando a medida que pasaban las horas. El viento comenzó a rugir desde el amanecer. El cielo se tiñó de marrón por un polvo que impedía ver el sol.

Dane se marchó poco después. Ella esperó hasta que oyó que arrancaba el motor de su coche para bajar. Trató de desayunar, pero tan solo el pensamiento de ingerir alimentos le causaba náuseas.

Por la radio, dieron el parte meteorológico. Cuarenta y cinco grados y vientos muy fuertes. Se recomendaba a los residentes de las colinas que se marcharan de sus casas. Si no lo hacían, debían prepararse para afrontar un posible incendio. El día había amanecido con los peores presagios.

A media mañana, el teléfono comenzó a sonar.

—Hola, Mariel —dijo una voz agitada—. Soy Daniel Huntington. ¿Está Dane ahí?

—No, no está aquí, Daniel. ¿Le has llamado a su despacho o al móvil?

—No contesta en ninguno de los dos números.

El tono de su voz preocupó a Mariel.

—¿Te encuentras bien? ¿Hay algo con lo que pueda ayudarte?

–Aquí arriba hace mucho viento. No me gusta, Mariel. Esos malditos pirómanos. Una chispa…

–¿Por qué no vienes aquí a pasar el día?

–No pienso abandonar la casa –replicó él.

–Se trata tan solo de una casa, Daniel. Las cosas materiales se pueden reemplazar. Tú eres lo que importa.

–Esta casa es de Dane y no voy a permitir que se queme.

¿Que era la casa de Dane? ¿Qué era lo que quería decir con eso?

–No hay ningún fuego todavía, ¿verdad?

–No –dijo el anciano. Entonces, se escuchó un golpe seco.

Mariel agarró el teléfono con fuerza.

–¿Sigues ahí, Daniel?

–Sí. Solo estaba intentando cerrar la puerta… Hace mucho viento. En estas condiciones, si prende un fuego, estamos perdidos.

Mariel se mordió los labios. No sabía qué hacer. Daniel tenía más de setenta años y estaba solo en la zona de más peligro si se desataba un fuego. P

–Escucha, Daniel. Voy a ir a recogerte ahora mismo.

–No, mi niña. No voy a marcharme.

–Está bien. Iré y ya hablaremos cuando yo esté ahí.

Un largo silencio. Entonces, un suspiro que sonó de alivio.

–Eres una buena mujer, Mariel. Empezaré a preparar el té.

Llamó a Dane a todos los teléfonos antes de marcharse para comunicarle sus planes, pero no pudo localizarle. Le llamaría cuando llegara a la casa de su padre y pudiera informarle de lo que estaba pasando.

Quince minutos más tarde estaba de camino.

Con una maldición, Dane apretó el pedal del freno. Dos ancianas esquivaron por poco el capó del coche y lo miraron con desaprobación.

–Lo siento –dijo disculpándose con una sonrisa–. Si hubieran ustedes dormido lo mismo que yo en las últimas dos noches, también estarían conduciendo como sonámbulos –musitó.

Entró en el aparcamiento de su edificio de oficinas. Aparcó y apagó el motor. Entonces, dejó descansar la cabeza unos minutos en el reposacabezas. La reunión que tenía a las siete y media con un cliente había terminado temprano, lo que le había permitido tener tiempo para pasarse por el despacho antes de dirigirse a otra reunión al este de la ciudad. Aquella zona estaba tan cerca de la casa de su padre que decidió que se pasaría a ver cómo estaba. No le llevaría mucho tiempo.

Al llegar a su despacho, comprobó el teléfono de su despacho y del móvil. Devolvió tres llamadas y dejó un mensaje para responder a otro. Después, colocó los pies encima del escritorio y cerró los ojos. Sin embargo, no pudo encontrar el alivio que buscaba. Mariel… No hacía más que pensar en ella. Debería haber hecho tiempo para verla, pero no había encontrado la oportunidad. El dolor se apoderó de él. Peor aún. La había defraudado cuando ella más la necesitaba.

–Vaya, tío. Menuda pinta que tienes…

Abrió los ojos y vio que era Justin.

–Vete de aquí, Jus.

–Ni hablar. Soy tu socio, ¿recuerdas?

Dane sintió la desaprobación de su amigo desde el otro lado del despacho. Cuando sintió que no se marchaba, Dane abrió los ojos.

–¿Qué?

–No me digas que has tratado de asustar a un nuevo cliente con esa camiseta tan lamentable… ¿Y la barba? ¿Y el pelo? ¿No te parece que ya es hora de que te lo cortes? Un poco más de profesionalidad…

–Si necesito a alguien para que me eche la bronca, me buscaré una esposa –replicó.

Justin entró en el despacho y se apoyó en el escritorio de Dane.

–¿Sabe Mariel en lo que se está metiendo?

–Si no le gusta, tiene libertad para marcharse. De hecho, estoy esperando el beso de despedida en cualquier momento. Me aseguraré de informarte cuando eso ocurra para que no tengas que preocuparte por ella. Probablemente será la mejor decisión que haya tomado nunca.

–Caramba, Dane.

Dane miró a su amigo y apartó la vista en cuanto vio la acusación que había en su mirada.

–Ya me conoces. El compromiso nunca fue lo mío.

–Un ciego puede ver que la amas. Solo tiene que entrar en la habitación y el acero que hay en ti se deshace. ¿Qué diablos ha pasado?

–Que yo…. Que nosotros…

No pudo hablar. Se le había hecho un nudo en la garganta. De repente, todo encajó. El bebé era inocente en todo aquello. Dane sabía muy bien lo que era crecer sin el amor de un padre, sin el afecto de sus progenitores. Había aprendido de esa experiencia y no quería lo mismo para su hijo. Se le había dado una oportunidad. Una oportunidad de verdad. Y se le había concedido con Mariel. Su mejor amiga. La mujer que amaba más que nada o que nadie.

Se le acababa de presentar el mayor desafío de su vida y no pensaba echarse atrás.

Se levantó de la silla y agarró el móvil mientras se dirigía a la puerta. Casi no era consciente de que Justin lo estaba mirando como si hubiera perdido la cabeza. Tal vez así había sido durante un instante, pero la había recuperado por fin.

–Amigo, tú eres lo que necesitaba –le dijo mientras le indicaba que saliera–. Perdóname. Necesito hacer una llamada muy importante.

En el momento en el que Justin se marchó, Dane cerró la puerta y comenzó a marcar el número de teléfono de su casa. No hubo respuesta. Llamó al móvil de Mariel. Sin respuesta. Le saltó el buzón de voz.

Apretó con fuerza el puño y se dispuso a dejar un mensaje.

–Mariel, he sido un idiota. Llámame cuando escuches esto. Necesito verte tan pronto como sea posible. Tengo que decirte algo muy importante cara a cara –dijo. Miró su reloj. Maldita sea–. Pensándolo bien, no lo hagas. Tengo una reunión. Te llamaré cuando haya terminado.

Entonces, cerró los ojos. «Te amo».

Mariel agarró con fuerza el volante para que el coche no se desviara. Hacía tanto calor en el exterior que ni siquiera el aire acondicionado lograba refrescar el coche. Tenía mucha sed, pero no se atrevía a soltar el volante para agarrar la botella de agua.

Finalmente, aparcó el coche fuera de la casa de Daniel. Y salió al mismísimo infierno. El tórrido sol lo estaba abrasando todo. El hermoso paisaje estaba rodeado por una nube de polvo. Era un yesquero. Una chispa y…

–Dios mío…

Como pudo, alcanzó la puerta principal, pero nadie respondió a sus frenéticos golpes en la madera. Corrió a la parte de atrás. El padre de Dane estaba tumbado a pleno sol con la manguera en la mano. El agua caía a chorros sobre la seca tierra.

–¡Daniel! –gritó. Echó a correr y cayó de rodillas junto al anciano–. ¿Qué estás haciendo aquí fuera?

–¡No quiero que la casa se queme! –exclamó.

–No hay ningún fuego, Daniel. Vamos –le dijo. Con mucho esfuerzo, logró incorporarle y le aplicó la botella de agua que llevaba en la mano contra los labios–. Toma, bebe.

Daniel tomó unos tragos y luego volvió a tumbarse. Mariel echó el resto del agua sobre unos pañuelos de papel que encontró en su bolso y le refrescó la cara. Entonces, le tomó el pulso. Le iba a toda velocidad. Se sacó el teléfono del bolso y llamó a una ambulancia. Luego, llamó a Dane. Maldito sea. ¿Por qué no tenía el teléfono encendido? Le dejó un mensaje para informarle de lo de su padre. Luego se levantó. Se tambaleó un poco porque empezó a ver pequeños puntitos bailándole frente a los ojos.

–Regresaré dentro de un minuto –le dijo a Daniel. Corrió al interior y encontró una toalla. La empapó en agua y volvió al exterior.

–Eres una buena mujer para Dane –musitó el anciano mientras ella le tapaba con la toalla–. Dane es lo único que tengo. Debería haber sido un padre… mejor. Me duele la cabeza…

–Te vas a poner bien –le dijo. Cerró los ojos, pero ella tampoco se sentía muy bien–. La ayuda está en camino.

Por fin, comenzó a escuchar la sirena de la ambulancia por encima del rugido del viento. Se levantó como pudo y se dirigió a la parte delantera de la casa para indicar a la ambulancia dónde debía ir.

Los enfermeros saltaron y se hicieron cargo de Daniel.

–Está agotado por el calor –dijo uno de ellos–. Por suerte llegó usted aquí. Nos lo llevaremos para dejarlo en observación e hidratarlo, se va a poner bien.

El enfermero más joven miró a Mariel y frunció el ceño.

–¿Se encuentra usted bien? Tenga, beba un poco –le dijo dándole una botella de agua.

–Gracias –respondió Mariel. Bebió un largo trago de agua y se refrescó el rostro y el cuello. Entonces, cambió de postura para aliviar el dolor sordo que tenía en el abdomen–. Estaré bien dentro de un minuto.

Se colocó las manos en rostro mientras metían a Daniel en la ambulancia.

–Oiga –le dijo uno de los enfermeros–, creo que debería usted venir con nosotros para que la examinemos también.

–Estoy bien –susurró. Se sentía como si estuviera tratando de respirar en un horno.

Unas manos la ayudaron a levantarse. Le dieron su bolso.

–¿Quiere llamar a su pareja para decirle lo que está pasando?

–Sí, le dejaré un mensaje.

Una hora más tarde, contemplaba el paisaje cubierto de polvo desde la cuarta planta del hospital donde Daniel dormía. Le darían el alta al día siguiente, pero necesitaría descanso y cuidados los próximos días. Mariel le iba a preguntar a Dane si se podía llevar a su padre a su casa. No. No se lo iba a pedir. Se lo iba a ordenar. Tenía habitaciones más que suficientes. Si se negaba, ella se marcharía con Daniel a su casa, aunque solo fuera para mostrarle a Dane lo idiota que era.

De repente, sintió que el suelo cedía bajo sus pies. Se sentó en una silla y parpadeó para lograr enfocar la vista. El dolor sordo de la mañana adquirió de repente un significado más siniestro. ¡No! Los ojos se le llenaron de lágrimas. Había dormido muy poco y había pasado una mañana muy dura. Eso era todo. Eso… era… todo…

Extendió la mano y tuvo tiempo de apretar el botón para llamar a las enfermeras antes de perder el sentido.

Dane atravesó el vestíbulo del hospital casi sin poder contener la frustración. Mariel no le había devuelto la llamada, una situación que no tenía buenos augurios para la resolución que él esperaba. Había puesto todas sus esperanzas en aquella llamada, pero, evidentemente, ella no lo consideraba suficiente. En aquellos momentos, se sentía tan desesperado como para hacer cualquier cosa, incluso suplicar.

Mientras esperaba el ascensor, encargó unas flores e hizo una reserva en uno de los restaurantes favoritos de Mariel. Por fin, el ascensor llegó y lo transportó hasta el cuarto piso. Allí, preguntó a una enfermera por la habitación de su padre.

–¿Es usted el hijo del señor Huntington? –le preguntó la enfermera.

–Sí.

–¿Y la señorita Mariel Davenport es su pareja?

–Sí –respondió él.

–¿Quiere acompañarme, por favor?

–¿Está Mariel aquí?

La enfermera no le miró a los ojos. No hacía más que consultar la carpeta que tenía entre las manos.

–Si hace el favor de acompañarme…

–¿Adónde vamos?

–Al primer piso –dijo ella mientras le indicaba que entrara en el ascensor–. Tiene que hablar con una de las enfermeras de esa planta. Le están esperando.

Al llegar a la planta en cuestión, la enfermera obligó a Dane a salir y le indicó el puesto de enfermeras antes de que el ascensor volviera a cerrarse.

Una de ellas se acercó a él inmediatamente.

–¿El señor Huntington?

–Sí. ¿Qué es lo que está pasando?

–La señorita Davenport ha sido ingresada. Está por aquí –dijo la enfermera mientras echaba a andar.

–¿Ingresada? ¿Qué ha ocurrido? ¿Cómo está?

–Está bien y está consciente. Dejaré que sea ella quien se lo explique.

La enfermera le indicó una habitación y lo animó a entrar. Dane se detuvo junto a la cama. Se quedó atónito al verla con el camisón del hospital.

–¿Qué ha ocurrido? ¿Por qué no me ha llamado nadie? –preguntó mientras tomaba asiento.

–Porque yo les dije que no lo hicieran. No quería verte. Quería estar sola. Y sigo queriendo estar sola –replicó ella apartando la mirada.

–No. No voy a dejarte sola porque no lo dices en serio.

–Sí que lo digo en serio. Te alegrará saber que he perdido al bebé.

Dane sintió que el alma se le caía a los pies. Se le había ofrecido algo maravilloso y él no había podido verlo hasta que no fue demasiado tarde.

–Mariel, cariño, lo siento… –susurró mientras le agarraba la mano–. Si pudiera hacer algo, volvería atrás en el tiempo aunque solo fuera por un día para poder volver a empezar.

–Un cuento de hadas muy bonito, pero no tienes que decirme mentiras para conseguir que yo me sienta mejor.

–Cuando te llamé era porque quería verte. Quería decirte algo muy importante.

–No me has llamado.

–Te dejé un mensaje de voz. ¿No lo has recibido?

–No. Tal vez no te hayas dado cuenta, pero estaba demasiado ocupada con una urgencia para comprobar los mensajes. Hoy, tu padre se podría haber muerto, solo.

–Y no lo hizo gracias a ti.

–Bueno, ¿y qué era tan importante? –le espetó.

–Maldita sea, Mariel... Toma –dijo mientras sacaba el teléfono de ella del bolso que había en la mesilla de noche–. ¿Por qué no lo escuchas?

–Cuéntamelo tú.

–Quería decirte que quería construir una vida contigo y con el be... Lo siento, pero lo que dije lo dije de corazón.

–Ahora resulta fácil decir eso, ¿verdad? –le preguntó ella tras un largo silencio.

–¿Crees que es fácil? Nada es fácil contigo –susurró él mesándose el cabello.

La frustración se había apoderado de él. Entendía perfectamente la respuesta de Mariel. Sin bebé, sus palabras quedaban vacías.

Se sentó en la cama y le agarró la mano a Mariel. Le quedaba una única oportunidad y muy poco tiempo para ponerla en acción.

–Tu salvaste a mi padre, cariño. La vida no tiene precio.

–Así es –susurró ella con los ojos llenos de lágrimas–. Haz algo por mí. Ve a ver a tu padre.

Dane asintió y le dio un beso en la mejilla.

–Regresaré.

–Buenos días, Mariel –le dijo la enfermera mientras dejaba una bandeja en la mesilla de noche.

–Buenos días –respondió ella mirando al reloj–. ¿Ya son las seis? El sedante me ha hecho dormir toda la noche.

–El doctor no te recetó ningún sedante –replicó la enfermera tras consultar sus notas–. Pero pobre tu pareja… Creo que él no pegó el ojo.

–¿Dan estuvo aquí?

–Toda la noche, sentado en esa silla, según la enfermera de noche. Se acaba de marchar. Se fue hace veinte minutos.

Tara levantó la sábana y examinó a Mariel.

–Ya no hay hemorragia.

–¿Significa eso que me puedo ir hoy a casa? –preguntó, aunque ya no sabía dónde estaba su casa.

–Habrá que esperar hasta que el médico te dé el alta. Primero ha pedido que te hagan un análisis de sangre –dijo mientras preparaba la jeringuilla–. Y luego quiere que te hagan una ecografía.

Un poco más tarde, Mariel observaba la imagen del monitor con incredulidad.

–¿Me está diciendo que sigo embarazada?

–Así es. No se reconoce bien todavía, pero ahí está –replicó la enfermera.

–Pero tuve una hemorragia… –dijo ella, con el corazón lleno de renovada alegría. Al mismo tiempo, se preguntó qué sería lo que diría Dane tras saber la noticia.

La doctora Martínez apareció a su lado.

–Buenos días, ¿cómo se encuentra esta mañana?

–Anoche me dijeron que había tenido un aborto. ¿Me podría explicar alguien por favor lo que está pasando? –le preguntó con los ojos llenos de lágrimas.

–Estaba usted embarazada de gemelos –le explicó la doctora–. Un feto se abortó. El otro está bien. Se conoce como el síndrome de desaparición del mellizo.

–¿Y ese bebé está en peligro? –preguntó ella. Seguían sin estar convencida.

–No hay razón alguna por la que no debería ser un embarazo normal. Y la otra buena noticia es que se puede marchar a casa esta misma mañana.

Cuando la enfermera le llevó los papeles, Mariel se preguntó dónde estaba su casa. Se asomó a la ventana y vio que había empezado a llover y que el calor asfixiante había pasado. Dane le había llevado en algún momento de la noche un vestido y su bolsa de aseo. La enfermera le había dicho que Dane había dejado instrucciones muy estrictas para que ella no se marchara hasta que él fuera a buscarla.

Tendría que contarle lo del bebé. Tendría que pasar de nuevo por ese momento.

Cuando Mariel se dio la vuelta, se sorprendió al ver que Dane la estaba observando desde el umbral. Se había cortado el cabello, se había afeitado y llevaba puesto un esmoquin. Además, en la mano portaba un ramo de rosas blancas y rosas.

Dane cerró la puerta y se acercó hasta Mariel. Entonces, se arrodilló frente a ella. El corazón de Mariel experimentó en aquel momento tantas emociones que le pareció imposible que pudiera contenerlas todas.

–Dane, tengo que decirte…

–Ni una palabra.

Dejó las flores sobre la cama y se sacó un pequeño estuche del bolsillo. Lo abrió y se lo entregó. Un solitario de diamantes tan grande como la uña de Mariel comenzó a relucir en la oscuridad.

–Dane… ¿qué estás haciendo?

–Dios Santo… ¿Qué es lo que crees que estoy haciendo? –le preguntó. Entonces, tomó el anillo entre los dedos y se lo ofreció–. Este anillo es como tú. Es brillante, hermoso y único. Y espero que se lo entregues a nuestra primera nieta.

–¿Hablas en serio? –susurró ella casi sin poder contener la felicidad que sentía.

–Jamás he hablado más en serio, aunque para eso falta mucho. Cuando te recuperes –dijo él con una sonrisa. Entonces, agarró la mano de Mariel y se lo colocó–. Perfecto. Como nosotros…

–Tengo que decirte… –murmuró ella con los ojos llenos de lágrimas.

–Todavía no he terminado. Te amo. Siempre te he amado. Siempre te amaré. Llevo amándote desde el primer día de colegio, cuando te vi de pie con tu uniforme nuevo. Cuando me dijiste que estabas embarazada, no pude asimilarlo. No me imaginaba siendo padre. Ya sabes lo que pensaba del compromiso, pero ahora sé que mi corazón te estaba esperando. Simplemente no le envió la información a mi cerebro.

–Yo también te amo desde siempre, incluso hace diez años, cuando te vi con Isobel. Aunque también te odié –comentó con una sonrisa–. ¿Te has arreglado con tu padre?

–Nos queda mucho camino por recorrer, pero estamos allanando el terreno. Después de mi triste infancia, me convencí de que la familia no era para mí y me equivocaba. Quería que tú tuvieras mis hijos. Quería verlos crecer dentro de ti, ver su primera sonrisa… Ahora, podremos tener más hijos, Mariel, si te casas conmigo…

Mariel sonrió.

–Supongo que tendré que casarme contigo y tan pronto como sea posible… porque quiero que este niño nazca con unos padres que se quieren y que se han comprometido para toda la vida.

–¿Puedes repetirme eso, sobre todo la parte del bebé? –preguntó él, atónito.

–Sigo embarazada…

Dane le agarró las manos y las estrechó con fuerza.

–¡Vas a casarte conmigo y vamos a tener un hijo!

Entonces, la estrechó entre sus brazos y la besó apasionadamente. Cuando por fin se detuvieron para tomar aire, ella dio un paso atrás para mirar a Dane. El hombre que había cambiado por ella.

–Eres el hombre perfecto para mí. Ya tengo

todo lo que puedo desear. Un hombre que me ama, un bebé en camino y un prometedor negocio.

–Ah, sí. Hablando de eso… Vayámonos de aquí. Tengo algo que mostrarte antes de que la prensa se entere de todo esto. Tengo un taxi esperando.

El taxi los llevó hasta el centro de la ciudad. Allí, entraron juntos a una tienda vacía.

–¿Qué te parece? Este es tu nuevo local.

–¡Dios mío! –exclamó ella mirando a su alrededor–. ¡Es maravilloso! Me muero de ganas por empezar. ¿Y cuándo has hecho todo esto?

–Terminamos ayer de pintar. Me resultó muy difícil mantenerlo en secreto y organizarlo todo durante mi viaje. Hubo un problema con la luz…

–Ah, la noche que me pediste que confiara en ti.

–Y lo hiciste.

–Gracias. Por eso –dijo señalando la tienda–, y por esto –añadió tocándose delicadamente el vientre.

Dane la estrechó entre sus brazos.

–Vayámonos a casa –murmuró suavemente–. Quiero celebrar nuestra buena suerte allí.

Mariel sonrió.

–Sí. Vayámonos a casa.

Epílogo

Dos años más tarde

–Vamos, Danny, ven con el abuelo

Mariel sonrió al ver a Daniel Huntington, de catorce meses, estirar las manitas y dar los últimos pasitos hasta los brazos de su abuelo. Desde que el anciano se fue a vivir con ellos, los dos se habían hecho inseparables. Mariel estaba feliz. Dane y su padre se habían dado una segunda oportunidad.

Con suavidad, se pasó la mano por el vientre, que aún estaba muy plano. Aquella vez quería una niña. Dane estaba tan contento que le daba lo mismo.

–¿Estás seguro de que estarás bien, papá? –le preguntó Dane mientras se ponía su americana.

–Claro que sí, ¿verdad, Danny?

El bebé gorjeó de felicidad.

–Estarán bien –afirmó Mariel–. Deja de preocuparte.

–Esta es la primera vez que se quedan juntos –murmuró Dane.

–Vamos, no quiero llegar tarde al restaurante. Justin y Cass tienen noticias. Lo presiento. Por cierto, ¿has leído mi crítica?

155

–Sí –respondió él con una sonrisa–. Dos veces.

–Pues léemela otra vez. En voz alta.

La diseñadora de moda Mariel Davenport presentó su colección anoche y la industria la ha calificado como un rotundo éxito. Su etiqueta, Dane, es la elegancia máxima para los hombres, con su sutil aire francés y la efervescencia del uso del color. Según la señorita Davenport, un hombre debe mantenerse fiel a sí mismo en vez de seguir ciegamente la moda, algo de lo que su esposo es un buen ejemplo. Por eso, se le ve a menudo vestido con vaqueros y la última moda en jerséis de cachemir. Debe de ser el hombre más afortunado de Adelaida.

–Por eso querías que lo leyera en voz alta, ¿verdad?

–No. Solo quería volver a escucharlo, señor afortunado. Tú no necesitas leerlo para saber que es cierto.

–Tienes razón. Esta vez.

–Yo siempre tengo razón –dijo ella mientras se inclinaba para darle un rápido beso–. Por eso te casaste conmigo.

Dane la miró con los ojos llenos de felicidad y volvió a estrecharla entre sus brazos para repetir el beso.

–No. Por eso te casaste tú conmigo.

NO SOLO POR EL BEBÉ

OLIVIA GATES

Naomi Sinclair se había enamorado locamente de Andreas Sarantos, pero su matrimonio con el magnate griego, que era incapaz de amar, le había dejado profundas cicatrices en el alma. Cuando ya no esperaba volver a verlo, Andreas se presentó para reclamar a la sobrina de diez meses de Naomi, que acababa de quedarse huérfana. Andreas dejó que Naomi lo abandonara en una ocasión, pero con la adopción

de la hija de su mejor amigo confiaba en lograr que su reacia exmujer volviera a su cama.

Apareció reclamando a la niña... y a su exmujer

¡YA EN TU PUNTO DE VENTA!

Acepte 2 de nuestras mejores novelas de amor GRATIS

¡Y reciba un regalo sorpresa!

Oferta especial de tiempo limitado

Rellene el cupón y envíelo a
Harlequin Reader Service®
3010 Walden Ave.
P.O. Box 1867
Buffalo, N.Y. 14240-1867

¡Si! Por favor, envíenme 2 novelas de amor de Harlequin (1 Bianca® y 1 Deseo®) gratis, más el regalo sorpresa. Luego remítanme 4 novelas nuevas todos los meses, las cuales recibiré mucho antes de que aparezcan en librerías, y factúrenme al bajo precio de $3,24 cada una, más $0,25 por envío e impuesto de ventas, si corresponde*. Este es el precio total, y es un ahorro de casi el 20% sobre el precio de portada. !Una oferta excelente! Entiendo que el hecho de aceptar estos libros y el regalo no me obliga en forma alguna a la compra de libros adicionales. Y también que puedo devolver cualquier envío y cancelar en cualquier momento. Aún si decido no comprar ningún otro libro de Harlequin, los 2 libros gratis y el regalo sorpresa son míos para siempre.

416 LBN DU7N

Nombre y apellido	(Por favor, letra de molde)	
Dirección	Apartamento No.	
Ciudad	Estado	Zona postal

Esta oferta se limita a un pedido por hogar y no está disponible para los subscriptores actuales de Deseo® y Bianca®.
*Los términos y precios quedan sujetos a cambios sin aviso previo.
Impuestos de ventas aplican en N.Y.

Había desenmascarado al enemigo...

Valentina D'Angeli estaba embarazada, y el padre era el hombre con el que había pasado una única noche de desenfreno tras un baile de máscaras. Sin embargo, no debería haber mirado debajo de aquel antifaz mientras él dormía. El desconocido con el que se había acostado había resultado ser Niccolo Gavretti, el mayor enemigo de su hermano.

Para Niccolo solo había una solución posible al problema en el que se encontraban: ella debía casarse con él, aunque no quisiera. Y, si tenía que llevársela a la cama para conseguirlo, sin duda disfrutaría mucho de ello.

Revelaciones en la noche

Lynn Raye Harris

Deseo

LAS CARTAS SOBRE LA MESA

ANDREA LAURENCE

Habían pasado tres años desde que Annie Baracas había abandonado a su marido, Nathan Reed, propietario de un casino en Las Vegas, y él todavía no había firmado los papeles del divorcio. Por eso, cuando Nate al fin le ofreció la libertad, Annie aceptó sus condiciones. Aunque eso implicara actuar como su esposa durante una semana y ayudarle a capturar a un ladrón.

Sin embargo, lo que empezó como una farsa acabó convirtiéndose en mucho más. Y Annie no pudo evitar preguntarse cómo sería quedarse en la cama de Nate… durante toda la vida.

No debía volver a enamorarse de su marido

¡YA EN TU PUNTO DE VENTA!